鞋底鞋面

趙迺定　著

趙迺定詩集早期作品之一

自序

　　個人於二〇〇八年在《笠詩刊》第264期有一篇作品〈文學、藝術與人文素養〉，其結尾部分可再予詳述：有人文素養的人，不一定有文學素養或藝術素養；也就是說，他不一定會創作文學或藝術作品，甚至於連鑑賞能力都沒有，但是他卻是具有人文素養的人──他有發自內心的單純、誠實、關心、體恤、樸素、濟弱扶傾等優良品德。個人年輕時，曾騎腳踏車途經海口新港。當時正是豔陽高照之時，而那些當地的農人們、漁人們，正於樹蔭底下休息、納涼、吃午飯；他們見我經過，都熱情的招呼著：「來吃飯啦！」他們如此的對待一位素未謀面的陌生人，對我來說，那確實是太震撼、太讓我感動了。

　　雖說有人文素養的人，不一定會創作或鑑賞文學或藝術作品；但培養文學素養或藝術素養卻是踏進人文素養的捷徑之一，有助於提昇個人人文素養之養成。同時，有文學素養或藝術素養的人，其創作之作品或其鑑賞力固為具有人文素養之內涵，但並非具有文學素養或藝術素養的人，就很有人文素養之內涵。

　　文學包含詩、詞、曲、散文、小說等，而藝術則包含音樂、繪畫、舞蹈、雕刻、電影等；以上之創作作品或其鑑賞，並非

物資性之生產、改良。既不能當飯吃，也不能當衣服穿；但卻可以使人獲得在精神上或在心靈上的滿足。因為當我們去欣賞或領會那些文學或藝術之美，就足以使我們感到愉快或慰藉。

以文學中的詩來看，前成功大學黃永武文學院長在其著作《詩與美》中之〈詩與生活〉一文，就提出了詩具有使人「脫離實用關係去欣賞生活」、「提供心靈以悠閒的片刻舒展」、「點化自然現實為藝術的美景」、「以一種新的思考角度給人警悟」、「改變習慣性的語言給人喜愕」、「藉共鳴作用帶給心靈以宣洩與慰藉」、「藉同化作用感到賢哲與我同在」、「藉移情作用感到人與自然一體」等功效。當我們去欣賞領會詩，從其創作，欣賞、品味、學習與吸收，我們就可以逐漸強化我們個人的人文素養；同樣的，當我們去創作、學習、欣賞其他的文學或藝術，其效果是相同的。文學工作者除積極建構人文素養為其作品內涵以外，就一般的個人之人文素養，則應著重於付諸實踐。同時，所謂的人文素養，常是個體對個體的感受，而個體的感受亦常會因人而異，所以人文素養具有包容性，亦具有可變性。

歷經半個世紀的體驗，個人是越來越認為人生是一個「可笑」的笑話。在陳玉峰的《土地倫理與921大震》一書中，其〈土地倫理〉一文，寫到：「三十多年前，老家北港近鄰的漁村、荒沙聚落如三條崙、四湖、飛沙等地，三十餘艘漁船出海，遭遇颱風而全數翻覆，該等村落幾乎家家戶戶辦喪

事，許多家庭更是辦那種沒有屍體的喪事。愁雲密佈的氣氛中，也佇足聆聽法事、嗩吶、鐃鈸的橾繞。」「奇特的是台灣婦人在喪葬、祭拜儀式中呼天搶地的哭號，往往尾隨道士手勢，收放自如，她們可以哀號悽厲但不落一滴淚水。也可立即消音而回首談笑風生，手打四色牌而搬弄是非。當年我無法理喻，認為其極為虛假作態。」其實不光婦人如此，應該說所有的人生都是如此。「然而，歷經二、三十年草莽鄉野的研究調查生涯，逐漸體會理性思惟與生活情愫的相容或相悖的交纏或弔詭……。」

人的一生，不管你在世時是多大的官，多麼叱吒風雲，擁有多大的財力事業，擁有多大的生殺權威，也或者只是販夫走卒、一貧如洗，生不如死，到頭來兩腿一伸，什麼也都不是你擁有的了，什麼也都不是你欠缺的了！哪還談什麼功名、成就、權威、財富、事業！

個人半個世紀以來，曾從事詩、散文、小說、兒童文學及評論等之創作，期待關懷、美化人生；茲將個人一九九○年以前之作品，先行整理結集，都為《南部風情及其他——趙迺定散文集早期作品之一》、《麻雀情及其他——趙迺定散文集早期作品之二、》、《鞋底‧鞋面——趙迺定詩集早期作品之一》、《沙灘組曲——趙迺定詩集早期作品之二》及《人生的無奈——賞析「笠」等詩人作品》等五集先行出版；至於其他作品，亦將陸續整理。

　　而這種創作與整理的工作，雖說也是一種「可笑」的作為，但其目的無非是在記錄個人這個「可笑」的一生，便利研究者及鑑賞者有充分資料品評，個人存在的當代。

趙迺定謹記　2011.07.22

101　都會城市輯

愛妻輯

伊是無體動物

伊是無體動物隨時地千變萬化

有時化氣體瀰漫君旁

有時似流水千萬柔情萬種意

有時是固體有觸有感

思不絕不分離

有時是氣體惹君厭

有時似流水揮不去

有時變固體無感知

愛恨憐怨

伊是無體動物隨時地千變萬化

伊是酸甜苦辣鹹淡

百味雜陳

（刊笠第64期1974.12）

帆與港

泊兩片唇帆於港埠憩息
風靜止時間靜止
漂泊風沙靜靜掉落
漩渦風浪靜靜止息

帆務必進港港務必入帆
而妳是港我是帆
惟一的相屬

靜靜止泊帆港聚合
帆不進港帆漂泊
港不入帆港非港

千帆萬港
妳是我惟一的港
我是妳惟一的帆
打從那一天相遇

（刊笠第64期1974.12）

泊一個我在妳上

偶瞥見乃泊下
沒有心悸沒有頰紅
長長的髮只是一個異性的我

偶瞥見乃柱一塑雕
妳的方形臉是實體的我
妳想笑就笑想哭就哭
是一個心裡的我

偶瞥見一個妳
我不再癡立不再揚帆遠颺
泊下就泊在實體的我之上
泊在心裡的我之上

偶瞥見乃泊下
一個我

（刊笠第64期1974.12）

愛情季總多雨

愛情季總多雨
雨濃濃淚汪汪
不想別離總要道聲再會
別離淚不想別離流

淚眼偏要滋生在臉頰
找藉口尋個岔淚下
君莫驚慌君莫怕
尋個岔是個藉口
只是別離淚不想別離流

不想別離總要道聲再會
別離淚不想別離流
找個岔淚下又淚下

（刊笠第64期1974.12）

而伊仍是

怕伊勞累怕伊著涼

伊做飯來ㄅ我擦碗

天寒水冰柔荑禁不住凍我來擦地

怕伊受驚怕伊孤單

伊上班去ㄅ我送行

伊下班來ㄅ我相迎

怕伊餓肚子怕伊消瘦

伊吃飯來ㄅ我填飯

伊沒胃口我硬要逼

而伊猶是天寒水凍洗碗又擦碗

而伊仍是推三阻四夾回肉ㄅ

硬要我嚐

伊是伊我是我

伊我一體不分離

（刊笠第67期1975.06）

鞋底・鞋面

第一次我穿拖鞋踩著伊拖鞋面
伊媚笑臉驀驟然冰凍
伊責備：你看，那麼髒的鞋底踩在人家的鞋面上

第二次我穿拖鞋踩著伊拖鞋面
伊媚笑臉驀驟然停駐
伊責備：你看，跟你講過
不要踩人家的鞋面
我最討厭人家踩我鞋面

第三次我穿拖鞋不留意踩著伊拖鞋面
望著伊背影，我急速抽離拖鞋
望著伊背影，我歉意連連聳聳肩
望著伊背影，我吐吐舌尖
真是好險好險

第四次我穿拖鞋不經意踩著伊拖鞋面
我乃不自覺急速的抽離拖鞋
我乃不自覺左瞧右望而不見伊倩影而
吃吃笑將起來
伊今兒不在家伊還沒下班來
伊見不到我踩到伊鞋面的啦！

第一次我穿拖鞋踩著伊拖鞋面
第二次我穿拖鞋踩著伊拖鞋面
第三次我穿拖鞋踩著伊拖鞋面
第四次我穿拖鞋踩著伊拖鞋面

（刊笠第67期1975.06）

當伊不在家

輕道再見輕掩門扉

今日我休假今日伊上班

趿上拖鞋雀躍著逛到洗手間開開關關水龍頭

趿上拖鞋歡欣著踏上廚房門檻開開關關水龍頭

也可以趿上拖鞋高興的踩在陽台上

這是多麼自由的時間這是多麼快樂的時刻

只因伊不在家

伊不會要我到洗手間換洗手間拖板

伊不會數說我到廚房換廚房專用拖板

伊不會規定我到陽台換陽台專用拖板

穿上拖鞋我蹦蹦跳跳

穿上拖鞋我滿心歡喜

我迴轉在廚房、臥房、書房、洗手間、客廳和陽台上

我迴轉在陽台、客廳、洗手間、書房、臥房和廚房間

我蹦蹦跳跳我滿心歡喜

只因伊今日上班只因伊不會數說

每個房間都應有每個房間專用拖鞋
只因伊不在家我在家
只因伊不在我在
我不再拖鞋換拖板拖板換拖鞋
這是個自由的時間這是個適意的世界
當伊不在家

（刊文藝月刊第76期1975.10）

太座，長工

一陣急促被踢
翻過去，看你枕巾
枕巾都掉了
被也踢巾也亂跟小孩一樣

我笑罵伊：「兇巴巴！」
忽然想到：
半夜曾被踢醒，真是不甘心
好，被掉了你不幫我撿
妳的被子掉了我幫妳蓋
伊噘嘴又神氣的說：
別忘了，我是太座，你是吾家的長工

一陣急促被踢
翻過去翻過去
翻——過——去——

（刊笠第71期1976.02）

伊的伊

傾聽伊肚皮

欲聽來伊的伊的心跳

一陣靜悄悄

窗外風呼嘯雨呼叫

傾聽伊肚皮上

一陣靜寂悄悄

卻是不聞伊的伊的心跳

再凝神又側耳

忽來一陣微起的鼓動

只見伊唉呀笑罵：

「小鬼小鬼在整人！」

是伊的伊在鼓動

傳來一陣知感一陣暖暖

我哈哈笑

伊的伊在動

伊笑罵：

「小鬼整人！」

（刊笠第71期1976.02）

吃豆花去

我請伊吃豆花去
伊說：才不要哩
伊同學邀伊吃豆花去
伊說：「才不要哩，吃豆花──豆花最難吃！」

自伊懷伊
伊朝朝暮暮鬧著吃豆花去
伊整天裡吵著吃豆花去

伊為伊的伊
伊聽說：吃豆花
小孩會白

我請伊吃豆花去
伊說：才不要哩
自伊懷伊
伊朝朝暮暮鬧著吃豆花

整天裡就吵著吃豆花去

豆花豆花

伊不愛豆花卻要天天吃豆花去

（刊笠第71期1976.02）

我裝著適意的吸著紙菸

我裝著適意的吸著紙菸，我裝著疲累的臥躺在床上
就那麼輕輕的舒展著四肢，四肢——

我裝著勤奮的洗碗又洗碟，我裝著賣力的拖又拖地板
就那麼勤奮賣力的揮著舞著舞著揮著

我裝著沒聽到伊的叫聲
我裝著聽不到任何的音響
只因伊擦洗洗澡桶嘩啦啦
只因伊扭捏著毛巾ㄗㄗ叫響

想著單身漢三日不洗澡的適意
夢著單身漢生活不洗澡的閒暇
而總是嗡嗡著伊的音響——
去洗澡，去洗澡，去洗澡去洗澡

我裝著適意的吸著紙菸——

我裝著勤奮的洗碗還洗碟——

我揮動雙手，我揮動雙手

而總是揮揮，揮揮揮

可是卻揮不走，揮不走

揮不走——

那嗡嗡，揮不走那嗡嗡嗡的音響

（刊台灣文藝第52期1976.07／本詩獲第五屆吳濁流新詩獎佳作獎）

賭氣

回家途中直想——
今兒伊是否已下班回來
今兒伊是否到伊姐家

回家途中直想——
今兒和伊賭氣真不該
今兒和伊賭氣划不來

想按鈴又想不該
管伊今兒是否直接回家來

上樓一階又一階
上樓一層復一層
找個鎖洞穿入鎖匙
只是門兒推不開
想必是伊已回家來

按個電鈴響——
只聽伊俏聲回說：來了
只聽伊俏聲回說：來了
我呀，心頭一陣喜悅恰似小鹿兒砰砰跳
我呀，嘴角一牽驀來微笑深深

當門兒開啓，當門兒開啓——
但見伊含笑佇立
我呀，把一陣喜悅化作狂喜
我呀，把一縷微笑化成心花綻放
任伊綻放再綻放

那賭氣——
那賭氣只是一縷輕煙
那賭氣只是一個小小精靈的小靈精

於是伊我相對傻傻
於是伊我相對傻笑連連

我輕責伊何不來電話——
害人整天心頭兒不安寧

伊輕嗔我何不給伊電話──
害伊終日心頭兒張慌

於是──
伊我相對更大笑
伊我相對
更
大笑

（刊台灣文藝第52期1976.07）

人家離不開你

伊怒氣責備：
白衣怎可和在黑衣裡清洗
伊怒氣沖沖說：
我來，我來，不要你幫忙
你呀，越幫越忙
我說：誰說不可一起清洗
我要這麼清洗就這麼清洗

伊嗆聲伊啞音：氣死了，我出去了
我平靜的說：好啊，妳出去就出去
伊梳頭伊換裝我斜眼睨著伊
但見伊傻傻坐
我裝著不見的用力的猛搓衣
心頭噗通噗通直如提吊桶
禱告伊可別真的生氣了
搓呀搓，但聽門扇一聲關門聲直響
伊真的出去了，這怎得了

我一陣心急趕把客廳瞧
只見伊光著腳丫依在門旁
我頓然心頭的噗通不再響
我呀，故意寒臉冷霜：
「怎的不出去啦！」

伊呀，伊攤開雙手快步向我來
伊蹙眉嗲聲答：
「人家離不開你嘛！」

（刊笠第76期1976.12）

只是想叫你

伊在廚房叫著：「趙！」

我問詢：「幹嘛？」

伊在客廳叫著：「趙！」

我問詢：「幹嘛？」

伊在臥室叫著：「趙！」

我問詢：「幹嘛？」

「幹嘛，幹嘛？」

伊攬我腰自我身後

伊秀髮緊貼我臉頰

「不幹嘛，不幹嘛，

人家只是想叫你。」

（刊笠第76期1976.12）

太太不在家

打開冰箱把生肉和生菜搬出來
又打開冰箱把生肉和生菜搬回去
想想在家做菜做飯是太麻煩
飯後還要洗碗
不如下樓吃現成的

想想太太每天做菜做飯不見伊喊累
屋宇突然長得很大
樓梯也變得好長
肚子餓，也不想下樓去吃飯
肚子餓，也不想升火自己做菜做飯

（刊笠第88期1978.12）

情書輯

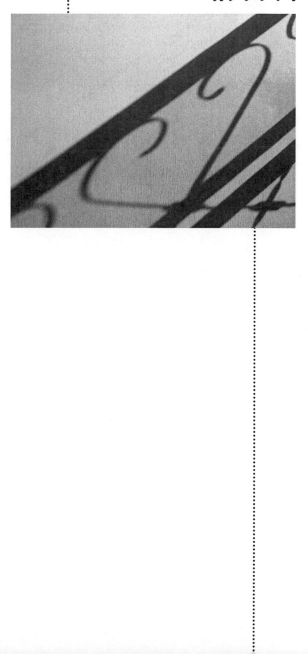

在今晚

路過的撒旦呀，巫師呀
有誰願以一個銅板採購我的靈魂
就在這橋頭，就在今晚

只要我有一個銅板
她將給我一杯酒抑或一個舌吻
那就隨她了

倘若沒有銅板
恁地哭紅眼眶焦渴思念
也換不到一個媚眼
她的矜持

就在今晚，就在這橋頭
我盼望成交靈魂的出售
光顧一下吧，我的撒旦呀
我的巫師呀

晚了我將重新裝扮成紳士的面目
歌唱虛偽的媚笑
品嘗糖衣的悲哀
且掩飾爆發的熱慾與自私
就出售靈魂這一件事
我一概的否認

呀，裸夜赤裸了我
所以顛覆了虛偽和裝扮聖人的形象
就在今晚，就在這橋頭
我是最後一個出售靈魂的人了

等我‧我愛

我心在枯老，我眼聚不了焦
黃昏太綿長，伺候荒涼底山疊上的人
困乏

我是入定的和尚
玻璃棺槨外的事物被摒棄在植物年輪的一角
逝去的血淚有如他人的故事

我等待，等待著
從最悠遠底遙夜投擲我的死灰
也該有黑棺和梟底聒噪
守墓者是否失約？
為何陰森窟窿下立滿了勝利的標誌
獨我仍在顛舞
在黃昏

一切果實皆腐爛且萎黃了
高聲呼喚長風何時可以吹開城堡
等我，我的至愛
我將去，依偎在妳枕邊

戀人呀，在何方

不要呀，不要離開我呀，戀人
暴風雨拍擊鼻尖癟唇
足踝下泥濘濺滿了野草

不要呀，不要離開我呀，戀人
妳要尋找的鬱金香，我已摘滿了一整籃子
卻使等待的時光溜走

舉目瞧望，山崗上雨後的陽光
是朝陽還是夕照
啊，是火紅夕陽
正遍染西方的天邊

不要呀，不要離開我呀
戀人，戀人呀

塑妳的土

紅的綠的藍的霓虹燈眨著眼

人頭如初萌芽的禾帶著殼蠢動

我是一尾迷失的魚穿梭於肩胛中

小販的囂聲斗大聲波音爆於長空

曾幾次逗留幾次探訪

而今我是一尾迷失的魚

走於無極之上

聽鶯啼聽銀鈴響

抬頭且眺望

誰人是妳

走過草原走過溪畔

訪高山訪海洋

卻採擷不到塑妳的土

而塑妳的土在何方

紅的綠的藍的霓虹燈眨著眼
人潮如水牆堵堵碎散成水花
而我是被遺落的貝殼長吻在沙灘上
卻不覺小販囂聲不耐音爆的蠕動
我只願迅離那個逗留
那個探訪

（刊野外雜誌第63期1974.05／迺萊）

昨日望她今日望她

昨日望她今日望她
伊眸越來越閃耀
伊喬裝不知有他望著她
卻常掠眸飄飄點他臉上
每一掠眸總深入他的瞳海
一個掠眸一個劇動
槌鼓伊心湖千千企望
被渴慕的企望

昨日望她今日望她
伊眸越來越閃耀
有那麼的一天
不見他蹤影不見他的眼眸
伊惦起千千思念盤起許多個問號
不知他為何沒來上課為何不來搭車
心懸著他，有那麼一天不見他的眼眸
伊心絞著又凝縮

（刊台灣文藝第53期1976.10）

某年某月某日

某年某月某日
把妳名刻在竹節上
竹葉隨風飄飛
我們在月光下依偎
同唱海枯石爛
此情不渝的調

某年某月某日某時
把妳名自竹節劃去
竹葉隨風飄飛
憂鬱的心和傷感的箭
踟躕在月光裡
我和孤影相依又相對

某年某月
我回竹林邊
撫著斑剝的竹節

竹葉隨風飄飛

在遙遠的故事裡

有對情侶曾有一段快樂的春天在這裡發生

（刊掌門詩刊第9期1982.10）

子午之戀

子午時刻劃破了無極響著妳的音響

二月偶見妳眸一池的蔚藍

春開蛹化蝶

鵲橋子午時刻

漣漪揚帆圈圈等待

幾多亙古時刻

五月何來西風起

山雨連著來

歷史版畫悸痛圓桌有鎗砲

聽筒再也穿不進雷響

劃不破無極祇有空等待

（刊笠第65期1985.02）

埋心中吧，一份鍾情

見妳咬唇在靜默沉思
且挪一縷秀髮
亙古朗笑就此打住
唇角載不起微笑的曲線
月下妳回眸有千言萬語

孤寂濃雲
舞台語言難奉獻
銹蝕言語難啓齒
女人囁嚅死寂號角
撲燈蛾鍾情著顫慄

（刊笠第65期1985.02）

1992

——火·車站·其他

持一束淡戀焦急走入人潮
以及警笛哨音中
該近三點而驚愕寫於炎陽
濃煙自車站舞蹈而起
火舌吞噬撒旦猙獰的獠牙
同向的水流激盪
心一緊唇一抿眸眼唔咽

霓虹燈駐足14：45
陌生的午後沉沉氣壓追尋那一份阿里山的風味
盪槳蹦躂貝殼也多愁
海潮不泊岸
沒離別沒聚會
淡淡一壺咖啡猶自滾燙
九月天裡帶個祝福給遠方

（刊笠第65期1985.02）

人生輯

來去何從？
——給Ling1968.12.10

帶一簍流浪去聽山籟澗聲
午夜且獨往仰視星斗

想著帆想著遙遠
我在走長長的幾何圖案的路的召喚

銅環已霉銹，而石子路也死寂
就此隱藏了影子
（影子即我的存在）

十一月，越獄的情感
偶觸及那回眸一望
突然我想起沙灘
想起月亮

（刊成大工管系報1968.12.25／迺萊）

讓我們歌唱人生
——《野外雜誌》登山日記代序

當您睜眼，當您眨眼
山不斷悄悄微笑，原野正歡欣流暢
海呵是無底的藍，溪澗是涼涼的響
就讓我們一起歌唱人生，就讓我們齊聲在原野歡唱

讓偉拔峻頂立腳下
讓怪石裸列澗水掩映足踝
浴個浴，掬掌水
呵！原野。呵！山。呵！海。

您本知——您愛山，您本知——您愛海
您本知——您來自山，您本知——您來自海
且讓我們的跫音振動山頭，且讓我們的足跡遺落海角
追逐吧！追逐那「自然與我為一體」的哲學

夢是飄遙，過去是歡笑
只因過去已過濾掉了——
正是濾走了那份淚珠與心悸
您愛山，您愛海，您愛原野，您愛溪澗
就讓我們呈上「登山日記」和您相伴隨
好讓我們將跫音留下，好讓我們將足跡綴起

讓我們一起歌唱人生，讓我們齊聲在原野歡唱
——去——愛山，去愛海，去愛原野，去愛溪澗

（刊《野外雜誌‧登山日記》1974-1975）

冰河之浴

餓過頭的鰻魚狠狠繞著而後伸個筆直

盤成古老金字塔刺探冰河的溫度

撥開藩籬一叢叢荊棘的偎依

走過了一個我

音波振撼大氣層喘息就連連

伊甸園的蘋果搖落了

蛇牙裸露在上而我死命的往下啃去

毛細孔交通壅塞了

一場混戰卻沒輸贏

出出不去入入不來

相同臉孔相同鼻尖虎視一隅量度冰河點

今日猶是悸感整城焚燬

上帝欲毀滅一個人必先使其瘋狂

菸雲最後一抖慾彈就發射

注一滴水珠

一棵樹和一棵樹仍在交織

天藍只是藍得太不接近

菸雲一抖慾射在妳的湖海

（刊笠第66期1975.04）

生日那天

據說此日我來到凡塵

默默拖著好長的路

一個皮鞋敲響好大好大聲

無車無人午夜福和大橋已疲憊闔眼

默默走在死寂夜晚的悸動

夜影疏落微亮液體如蚯蚓在蠕動

可有相思魚垂釣可有思鄉魚要捕捉

而北方幾幀冬的照片擠進了胸懷

而十二月是圍爐爆栗十二月是吸食異鄉的風沙

南下火車笛聲在叫響

椰子樹可安好

片雲抹憂鬱雲有雲無似雲非雲

風揚微沙水銀燈吆喝著淒迷

孤寂壓抑著那默默拖好長的路

拖一個好長的身影的路

（刊台灣文藝第48期1975.07）

路

路延伸著
從鄉村到城市從海邊到山頭
從沙漠到溪流從草原到海溝
盡頭處還有盡頭
四方之外還有四方
鬍子走上髮夾走上奶嘴走上風走上水也走上
有人說：「有正路，有非路。」
我說：「路無罪，罪在走的人。」

一些矛一些鴿一些哨子一些琴音走著
偶見貝殼也許俯身也許踢它一踢的
草鞋也許揚棄也許存留下來
你的微笑非我的微笑
莊子走過撒旦走過你走過我也走過
路何罪，罪在俯拾與不俯拾之間
走一段還有一段的路

而若不走路，又有誰人強迫你

陽光走著黑暗走著山洞走著高樓也在走著

（刊台灣文藝第48期1975.07）

人多人少

一輛人少的車來了
可是那是距離目的地遠的車子
我說：「等等看。」
於是車走了
一輛人少的車又來了
還是距離目的地遠的那路車子
我拉住妻的手說：「再等等看！」
於是車也走了

一輛滿載人的車子來了
那是距離目的地最近的車子
妻拉住我的手說：「人那麼多，等下一班！」
我抬起腕錶說：「來不及了！」
於是我們塞進了車中
飛奔向著前方

（刊笠第74期1976.08）

兩根筷子的故事

兩根筷子在盤裡悠游嬉戲有如蚯蚓鑽泥
這是不去想唾液與衛生問題的
不幸，筷子撞見一條菜蟲圓渾肥胖的身軀
有人突然想到瘦乾那一大把的年紀
沒得吃也吃不飽：「人吃菜，蟲吃菜都一樣。」
菜蟲有什麼關係

另一根筷子悲哀自心中起，花錢買菜吃不是買蟲來
於是兩根筷子的紛爭不停息
一根隱忍，一根在生氣，於是菜夾不起
恁那個都夾不起

「老闆這是什麼菜！有蟲耶！」

（刊笠第74期1976.08）

培墓（台語文詩）

銀紙燒成灰揚揚飛

一壠墓土長了枯草煎乾仔煎乾

歲頭又過三年冬

年年墓草是墓草安寂無音聲

歲歲墓土是墓土映照一長季的默然

一生公職的阿爸長埋在這所在

今日遊子回轉祭拜

拜上三牲祭上四菓

更祭上一朵遊子思親情懷

且讓銀紙燒成灰揚揚飛

拔去野草大清掃您的安息地

三年冬歲月非短轉眼一瞬時日過

想那告喪電報兒心悲

悲自北國風飛沙泣向南國椰子樹仔腳

椰子樹仔腳燈昏暗您的遺容置廳頭前

再無您拉胡琴自愉悅

再無引咎辭去總幹事的風範

再無潛心漢學的心情

也無因派系紛爭就引退經理的職務

阿爸生時無田產死時也無財氣

僅有培育子女長大成人

三年冬完成您多少宿願

七子修完博士十子大學畢業

您可有知？

銀紙燒成灰揚揚飛

子兒惦記您為公僕以儉養廉

今日遊子回轉祭拜

塵不自塵衣落塵在子兒心內飛

飛過墳塚飛向藍天

揚揚飛

1975清明節

（刊台灣文藝第50期1976.01）

妳我不一樣

一位老嫗站在斑馬線上

大太陽下她撐住黑傘蓋住了黑衣裳

當綠燈亮起，她走起路來一搖又一晃

她瞪著一線魚尾紋的迷惘

甩著甩向十八歲馬尾髮的姑娘

十八歲馬尾髮的姑娘

瞪著一臉的迷網

甩向四面八方

卻總是不聚焦在黑傘上

這真是妳我不一樣

就是不一樣

（刊笠第74期1976.08）

我們總是要回家過年

匆忙搭上飛機南歸
擁擁擠擠擠上火車廂
不想在三百六十四天之外加上這麼的一天
這麼的一天總是要回家過年

想起夜半料峭北風襲人我們不畏
想起日正當中且互相吸氣排隊
那是不管男女不管老或小
我們在排隊購票
只因不想在三百六十四天之外加上這麼的一天
這麼的一天總是要回家過年

到公司買衣衫到地攤買吃的
我們人手一包又一袋
我們揹大包疊小袋
重負壓不扁歸思意
不想在三百六十四天之外加上這麼的一天

我們總是要回家過年

誰管三百六十四天在外謀生是好是壞
我們總是要回家過年

（刊文壇第203期1977.05）

踽踽獨行的身影

面牆，他摸索著一劃劃的刻紋

紋線只五條，而每一條卻滋長出無數條

無數紋線是長串歲月刻痕的積累

屋外相思樹一次次開，他的髮兒一次次的白

屋外相思樹一次次謝，他的髮兒還是一次次的白

這裡每個地域在複印足跡

每個空間在重複他的身影

太多歲月來去匆匆

日出日也落雨下雨也止

同樣的嘴鼻同樣的抬槓同樣的嘔氣

天天日日呼吸不到一絲新鮮的味道

面牆，他摸索著一劃劃的刻紋

日日天天呼吸不到一絲絲新鮮的味道

於是他穿上西裝散發著樟腦味

抹上髮油照亮著鏡子

看清楚六十四歲的年紀他走三十里外的大都市
那曾是他往來熟悉的地方

他沒有給摩天大樓瞄上一眼
摩天大樓也沒有看到他
他匆匆趕向那熟悉的場所
有點遲緩的逗留在四個大金字之下
微弓的腰身壓得更是低
他遲緩張望向熟悉的角落
那裏陌生的眼神處處

突然他看到一個
踽踽獨行的身影推車而過
他衝動的面向他站立默然注視著他
轆轆心跳人事已非唯一熟悉的身影在眼前
他看到他驚恐的一瞥
他猛然點個頭
踽踽獨行的身影加速的推車而過
只拋來一個驚恐
他哀鳴：「你不認識我了！」
踽踽獨行的身影恨恨的說：
「你該找有錢的！我沒錢，我不會請你客！」

一個踽踽獨行的身影加速的推車而過
踽踽獨行的身影在木然僵立
而青春已死亡

（刊笠 第80期1977.08）

綠豆芽

一顆綠豆芽散發出幾絲鬚根抓住了地球
沒挺直的腰猛力往上竄過去
一心想攀上天空
它的殼末脫落子葉仍在抱中

綠豆芽終究要被餵入人的肚皮裡
人終究要被吃進棺木裡
一個人是一顆綠豆芽
一個綠豆芽是一個人

（刊笠第88期1978.12／掌門2期1979.04）

抓緊我的土地

固執地抓緊土地

莫懼北風狂颶

莫迷花鳥媚意

不管雨水中斷了滋潤

不管養份供給是否後繼無力

以我根紮我地

我在固執的抓緊我的土地

緊緊的抓緊

總有一天度過了寒冬

這地會是欣欣向榮的境地

（刊文藝月刊第118期1979.04）

發酵註解

溶於酒罈
一瓶瓶酒流離失所了
流向高山流向大海流向平原也流向沙漠
飲成喜怒哀樂

人生的旅程是一瓶酒
一路的拾綴
釀造那沒知感的棺柩
人終究要走入的

（刊掌門第2期1979.04）

小雨有點涼沒重量

非雨非霧只是輕飄
沾上髮梢輕染在鼻尖上
小雨有點涼沒重量

卻把傘撐想雨太微太細小
略遲疑卻覺濡濕了衣裳

（刊笠第95期1980.02）

不要淫慾就要泥巴

小巷有靈肉市場有高樓都是聚財的金缽

會議場所是民主咆嘯所

被壓縮的地球憤怒了

總想爆炸個足夠

把泥巴上的世界粉碎

歸返原鄉

在爆炸前一刻

人們墊上了一層鞋子

出門皮鞋入門拖鞋

他們自欺的說：還早，地球心跳正常

羅馬毀滅在於自欺

失去了感知的自欺

（刊笠第95期1980.02）

男子漢

既然你說抬頭挺胸才是
男子漢
就讓我抬頭挺胸
當個男子漢

當然，這是無可奉告的
且你也管不著的
當我蜷伏在床上在昏燈的夜晚
我縮手縮腳
在胸前

（刊荷笛季刊1980.04）

颱風

把暴風暴雨擲向顫慄的海洋和陸地
颱風是潑婦沒一丁點兒憐憫的
露出一臉討債的嘴臉
把昨天和今天合在一起
把今天和未來揉在一處
讓時間僅只是苦難人祈禱的
時間的連續

把激怒的河激怒成巨蛟滾上平原去奔躍
把爆炸的高樓或茅屋或樹木
爆炸出一個個飄盪著的棉絮
渦在洪流中流浪

一個哀號在海邊抽泣
一個哀號在高山祈禱
一個哀號在平原痛苦
苟延殘喘的人

正飲雨過天晴的夢幻
哆嗦在潑婦要債的
嘴臉之下

風呼嘯雨也嘩啦啦
大地震撼著颱風的爆炸
把陸地血洗把海洋姦殺

（刊笠第101期1981.02）

把握今天

把昨天敲碎
讓它隨風揚棄
把今天抓住
時刻以毅力去滋養
造就輝煌的明天

眼光要遠，努力奔赴向今天
──別擁舊夢自囿
──別懷空想自娛

努力的方向要向前
人生的重要在今天
──不要妄自空想蹉跎歲月
──不要沉溺在舊夢裡中

把握今天，眼光要向前
把握今天，眼光要向前

（刊台灣日報1981.04.26）

放眼望前

把船點在遙遠的水平線上
成了一丁點兒
海才遼闊
把天空染織成朵朵白雲
海的藍才最深邃

放眼望前──
莫為近郊的喧鬧迷惑
莫把心靈禁閉
──在昨日的物慾裡

我們就知道潮來潮去的
總是把昨日的垃圾
撿拾乾淨
不留痕跡

（刊台灣日報1981.04.26）

窗簾布

有些
事情
不想讓
外人知道的

所以
就買了
一幅窗簾布
掛上去

——竟把外面的
陽光
也擋住了

（刊笠第102期1981.04）

蟬二首

其一

恨不得把所學得的歌一下子的唱完
就扯著那倒嗓
不間斷的
知了知了的唱著

日子雖不很長
總也要快樂的過著活
朝飲露
把臉頰酡紅對著朝陽
夜啜汁
把酒邀月共暢飲

日子也不長
總共也只不過幾天的光景而已
要活就活得轟轟烈烈

就扯著倒嗓
不間斷的
知了知了的唱著

若果唱完了一季夏的歌
就再唱一曲驪歌吧
而後學鳳凰木花瓣化成
蝴蝶在豔陽天飛去
飛飛飛飛向無盡的天邊

其二

是憂鬱初夏情人的逝去
還是傷感春天一去不再回
就這樣的悲泣
在仲夏
午和夜

唱盡一季鳳凰木花的
焰紅
也唱來大地的
睡意

那相同的調子
就是那連綿的知了知了

鳳凰木已焰紅
大地也瞌睡了
就這樣總讓我
憶想起童稚時代我爬樹的回憶
那時多想長大
或者沉游在湖裡
裸褐袒裎了無羞意

是憂鬱是傷感還是悲泣
總只是那相同的調子
也只是那回憶
反覆的在知了
知了

（刊文藝月刊第144期1981.06）

在都市的城堡裡

把一寸寸的鄉村吃掉
然後築成高樓大廈
還有柏油馬路一條條
都市是癌正蔓延如惡瘤

把一寸寸的鄉村吃掉
然後麻雀和鳥都遺忘了樹上的巢穴
都走的遠遠的
只有一隻孤雛在高壓線上無望的哆嗦
高樓太高大廈太大
那是無法飛越的太平洋
還有柏油路炙人的熱氣沸騰翻滾

把一寸寸的鄉村吃掉然後築一道都市的城堡
就把自己置身其中叫做都市人
可是心中那一點鄉土氣味是越陳越香的葡萄酒香

總是熱心的灌溉培植著那份鄉愁
總有一天玩泥巴將是最大的快樂

（刊文藝月刊第152期1982.02）

心靈是白癡

政治上發言權靠爸爸
經濟上不能獨立怪媽媽

每天揹著書包
聽爸媽話把書讀好
讀好書才是做大官賺大錢的料
那路呀一階階往上走
人人都一模沒有兩樣
文學是閒書
藝術是旁門左道
心靈是白癡的工廠

工業社會燈光淒迷
淒迷的意義就是華華麗麗

（刊笠第109期1982.06）

夏夜

熱浪追踪的夏夜
水銀柱停在卅六刻度上
把門窗砸爛仍接納不了
一輪明月的
清涼

輾側草蓆上
眼球煮得吱吱叫
而瞌不上眼而血絲通紅
明天仍要上班
想到這更是令人心慌

不是少女澀澀的愛不是相思
不是暴發戶數著珠寶
是熱浪追踪的夏夜
水銀柱燒在卅六度的刻度上

汗水就成洪水有張開的毛孔

播種著雨種也種不完的

熱浪追踪的夏夜

把門窗砸爛

也迎不進一羽毛的

清涼

（刊文藝月刊第156期1982.06）

鳳凰木花落

鳳凰木又一次的裝扮自己
把花朵插滿了枝頭
在七月蟬喧季節
急奔校園怎料驪歌又響起
情郎悄然他去
氣得一頭花瓣灑滿地

七月風
鳳凰木花到處飄飛
七月雨
鳳凰木花載浮各地
人人會意
七月是哭泣的季節
別離的驪歌又響起

（刊工商日報1982.11.01／掌握詩頁）

烏汛到了

當海島瑟縮在蕭瑟裡
當聖誕紅凍得更是嫣紅
縱然冷一點的
漁人卻更為開心的

在海裡
他們揚帆點點
在陸地
他們赤足奔走忙碌著

寒流在岸邊走
冷氣身上過
哈出的熱氣忽兒消逝得無影無蹤
卻消逝不了漁人心田的熾熱
烏汛到了

或許霧氣在飄著
或許微雨要下來
在多雨霧的漁港
一群牧海的人越冷越是有幹勁

（刊台灣時報1983.01.16）

斑芝棉

若果落葉要離去
化成蝴蝶飄舞在北風裡
又何必硬要它堅守崗位
挺立

十二月本是寒風季
花不花
葉不葉的
凋零在嚴冬季裡
又何必硬要它堅守崗位挺立

沒有綠葉的枝幹
在來春會開得更像紅玫瑰的
把人行道映出情侶對對
把三月春的新綠告訴了大地

（刊台灣時報1983.02.04）

雨的自言自語

被人重視的那天簡直是窮人大翻身了
當那溪水細小稻田龜裂秧苗也枯萎
而傳播界把停水當成了重大消息
三天一停隔天停
禁水

人們翹首企盼囁嚅顫抖也不覥腆
他們忘了昔日讓水喉漏水
自言水費沒值幾個錢
自語是上帝子民佛的生靈
被人重視的那一天
簡直窮人大翻身
當溪水苗條
傳播界競相說著禁水

（刊笠第114期1983.04.15）

撿石頭人的期望

小時曾在泥地上
撿出一個沾滿塵土的石子
就破涕為笑了
也不見一點兒風霜掠過了天空

在浪花洶湧的石灘上，撿石頭人
是惟一不為湛藍海岸而醉酒的
岸邊鳥
他們一逕的追尋石頭的無情世界
竟把五十年的歲月寫進了歷史

在石灘上
酸甜苦辣淡都被浪濤訴盡了
還有什麼可說的？

五十年的歲月寫進了歷史
依然在默默鵠候遠方捎信來的孩子

訴說任海闊天高的遨遊

雖然孩子已不再是鵠守岸邊的鳥

整天數著黑黑的石頭

（刊商工日報1986.01.08）

錯誤

南方平原上的青草在北國裡餐著風沙
鳳凰木枯幹展月下
來春吐否翠芽？

窗外，隱隱鈴聲經過
呀，呀，何往？
有人如是說：「他往西去！」
慄風吹我以夜行人的訊息

雞又啼
是第幾響聲？

沒五燭光亮度的月下
一個碩長的身影
映向鳳凰木的枯幹上

都會城市輯

搖晃大座椅

過半個鐘頭八月的太陽將晒死螞蟻了
他晃著肥短四肢挺著大肚皮穩重的走著
他是怕跌落熱鍋的螞蟻
深躺在大座椅緩緩的吐一口濃煙
一天又開始
他留平頭乾笑連連露出抽菸的大門牙
再沒有什麼可想的只要記得簽個到簽個退
來早半個鐘頭世界並不匆急
勞動慾望傷神工作吐痰且踩個稀巴爛
他深埋在大座椅抽一口菸吐一口菸圈
莫笑他餐桌上搶第一衝鋒又陷陣
古人有訓：民以食為天

當他飽啖手中的一根菸
他正想呼呼的睡個午覺
習慣早就有天塌不輕移方能養精蓄銳
他睡醒要跟你說：今天排骨太好了，十塊一個

他也要抱怨物價飛漲奈何薪水不調漲

當正午時分所有的人在休息

他是籠中鳥叫著太多的不公平

批判物價飛漲批判車子嚇了老人家

偶而有點合乎邏輯的

他責備年輕人留著長髮

說著說著又搖起他那大座椅

一如搖籃哼著睡覺

緩緩掏菸吹菸圈

眺望大掛鐘讀著秒等著簽退

一天又過去了

只因快退休就只那麼個五個年頭而已

　　　　　　　　　　（刊笠第66期1975.04）

都市之鼠

——排隊

炊煙無處繚繞壓扁在屋脊

轉著腳丫板轉動的風在蠕動

熱熱熱排隊排隊

復排隊又排隊

想著無垠曠野播種一兩粒的平房

排隊排隊排排隊

排以蟻隊

想著蛇蛇咬我蛇蜿蜒

孤樹烤著汗水以人的喘息

想風流動

想樹枝柳梢

點幾朵雲朵飄飄

點菸點菸再去點菸

屋聳立路匆急

披散的髮在汗雨
孤寂的心立在霓虹燈下

（刊台灣文藝第49期1975.10）

公園內‧外

一個個窺視孔穿過一道道牆

牆分公園內外有別的

公園內愛語吁手顫鼻息喘喘

公園外孤人獨影看得目瞪口呆

公園內人多份子雜

帶伊走向黝夜帶伊走向角落

終於有了安全島可休憩做愛沒有閒雜人偷窺

公園內人多份子雜

你走前我走後

你不瞧我我也不甩你

公園外一對對的眼球燃著兩眼球的慾火在舞躍

在窺視孔的牆上

休憩的地方不見情侶的人影

只有一個個的窺視孔在漏風

公園有牆分內外內外有別非公園

再沒有安全的地方可做愛

（刊台灣文藝第54期1977.03）

時代・不

十八歲的馬尾髮是一道黑牆
圍住青春的岩漿

為紓解岩漿無端的爆發
姑娘家乃把老太婆的裹腳布脫掉
也把長裙子縫成了短褲子
以便下頭通風
更重要的是背部的心太冒火的了
不得不挖棄上衣一片又一塊

時代是不裹裹腳布的
不時代是裹裹腳布的
而短褲越來越短
而裹腳布也越來越臭長

（刊台灣文藝第54期1977.03）

博愛座・非

第一次認識博愛座是第一次坐
第二次認識博愛座我不坐，我坐在博愛座的後座
第三次認識博愛座我不坐，我坐在公車的最後座

第一次認識博愛座我趕快讓座
第二次認識博愛座，我不得不讓座
「博愛座」三個字正刺在我眼球
知識份子當然識得字
第三次認識博愛座，我就不讓座
非博愛座也

第一次認識博愛座是我第一次坐
我趕快讓座
第二次認識博愛座，我坐在博愛座的後座
我不得不讓座
第三次認識博愛座我不坐，我坐在公車的最後座
那裡就不用再讓座

誰管老弱殘障婦孺圍我幾多

要坐有博愛座

誰管博愛座只有兩個

註：台北各市區車有博愛座之設置，每車只有兩個，上頭寫著大
　　大的「博愛座」三個字，其下是「請讓座老弱殘障婦孺」。

（刊台灣文藝第54期1977.03）

現象：人多票少

兩條長龍有兩個窗口

人一個個列列成列在午時燄陽下

一顆汗珠滴落下去又一顆汗珠滴落

一張車票從後門溜了出去

不走正門的

又是一張

一排的，人多票少

後門的，人少票多

一顆汗珠滴落下去又一顆汗珠滴落

一張張車票從後門溜了出去

誰又能說這不是

特權的問題

（刊笠第80期1977.08）

我不得不打電話

我不得不打電話
雖然只是早上六點天還未亮的
我不得不打電話
女兒高燒三九・七

我不得不握住了電話筒
將熱切的盼望與憂傷送了進去
在六神無主腦海一片空白之際
女兒從×英介紹到×興
那大夫如是說
公立醫院難有病床×興收費不高
他如是說他住××商職處
有事打電話去
那是溫馨的忠告

於今打去的電話吞噬了殷殷的盼望
那大夫猶在夢中盤算他賺了多少佣金

而女兒仍高燒三九·七

只來了一個猙獰的白衣

幫她打了退燒針

幫她擦了酒精

而就此消失了

好像如此

事情就了了

救人的醫德只是他嘴皮上的話

病人的時間大夫的浪費

忠告只為佣金

佣金最為實惠

（刊笠89期1979.02）

白天的紳士

夜晚，當太陽沉落
我急忙蜷縮著雙手雙腳以環抱胸前
更把腰肢弓起如煮熟的蝦子

白天，我一向把自己裝扮成
抬頭挺胸的
一如企鵝的環視著湖濱周遭
我一向把自己裝扮成
抬頭挺胸的在人前
裝扮成傲然的人口
我是紳士一個

（刊文藝月刊第120期1979.06）

小雨中踩鴿步

在小小雨中踩鴿步徜徉

想起孩童時期

狂奔嬉戲在雨中

不覺舔舔唇

卻把一季小雨舔入胃裡清涼

喀嚓，一把泥濘梗在咽喉

也濺來一身的汙泥巴

怒把那車看

為何濺我身把我悠閒打斷

但見一縷黑煙飄來

那車就不見了

（刊文藝月刊第129期1980.03）

公共氣車夜景之一
──過站不停

把老夫的外快搞掉
引發週轉不靈誰來償付房貸
孰可忍孰不可忍

甭管十目所指十目所視的
且隨老夫心意愛停就停
不愛停就不停
活該你在站牌頂著熱天等個老半天

頂著熱天等
這班不停下班會停
也不過再加個半個鐘頭的等待而已
脫班另當別論

想想老夫上頂燄陽下傍發燙的馬達
一天總要八個鐘頭在烤煉

你我相比直如小巫見大巫

過站不停又有何稀奇

把老夫的外快搞掉

老夫多帶一個乘客並不多賺兩塊半

何必站站停車燃燒著汽油

為你侍候

（刊笠第97期1980.6）

公共氣車夜景之二
——擠沙丁魚

老夫無能總下不了決心去分贓吃票
一直租個陋屋蔽身而已
雖說君子固窮安貧樂道
總也要混口飯吃飽肚子

合法爭取里程獎金只是拿些載客獎金而已
這總不會東窗事發鋃鐺入獄的
你趕上班她趕上班
擠吧擠擠成肉貼肉臉對著臉
也把車胎壓扁了三五分

喂，二十世紀的
不作興男女授受不親
妳又何必尖聲大叫你又何必直皺著眉頭
喂，車上的客人
別叫沒立錘之地了

妳趕上班他可要上課去
每個人都在趕著時間

讓他擠上車他心裡會感激
只有當他擠上了車後還有人也要擠上車
他才會嘀咕著
而我的載客獎金又多一個

老夫不敢吃票貪污
超載違法卻沒人聞問
又有硬要擠上車的人會感激
又有載客獎金平安入口袋
誰還管超載擁擠衛生不衛生安全可不可慮

（刊笠第97期1980.06）

僅只走在馬路上

僅只走在馬路上
我就孤單
——在樓與樓比高比大之中
在個個盼望飛翔的高空之中
他們知道高代表著權威與財力而競相踩著高蹺

僅只走在馬路中
我就孤單
大樓已把太陽遮掩
大王椰樹又要搬遷
低頭沉思
——看我影已遺忘
——我竟成形單影不見

僅只走在馬路上
我就孤單無依
我仰頭想把高樓看

但見一葉的昏眩入我眼

──要爬多久才上得了那

高高在上的樓房？

僅只走在馬路上

我就孤單無綠意

聽說大王椰樹又要搬家

為的讓出安全島讓車輛去通行

他們要的是交通效益，要的不是都市的綠

那盈眼的一點綠

（刊笠第105期1981.10）

行人優先

紅燈規定你不能走
綠燈你走
很危險
可要當心轉角竄過來的
那來車

該清楚的
路是供車跑的
沒什麼人行專用道

該清楚的
一分錢有一分錢的發言權
我們的車繳稅多
你們那些人繳稅少

注意！當妳走過綠燈
請讓讓繳多錢的車吧

可別把「行人優先」揹在胸前
也昂首似企鵝闊步
引頸盲茫和來車相撞
在斑馬線上

（刊笠第107期1982.02）

莽貓

蜷四足把頭埋下瞇一瞇雙眼
讓車囂人潮走過
斑芝棉樹下流浪貓打個盹兒
不再張牙舞爪

走那麼多柏油路還是鄉村的泥巴路香
跨多少高樓公寓還是茅草頂遐意
聽說香魚和大肚魚絕跡了
屏東的大王爺樹也不再見蹤跡
就想起主人說沒老鼠貓就沒用處的了
腳一踢不再餵貓食魚

誰說這貓沒用處
這裡雖沒有老鼠腥臊味
牠卻張牙舞爪向轎車侵襲
四爪銳利如昔

而十字路口傳來的咔嚓緊急刹車聲

那轎車揚長而去

輾了貓狗吐著油煙一點也不婉惜

（刊笠第111期1982.10）

善良人注定受騙

詐欺者影著煮熟的蝦影
扮著誠摯的嘴臉
而後收割一長季的金銀財寶

善良人總是頂著慈悲的青天
善良人忍耐不下淚眼滴
詐欺者是吃屍的鷹
是硬骨的動物

果若曾陷入受騙之谷
站直身軀吧
將自我塑造成免疫
果若不曾受騙的
我告訴你要小心防範
你會將話語置腳底
吐吐痰又踩一踩的

直到有一天詐欺者影著煮熟的蝦影
收割一季你袋中的錢財珠寶

善良人注定受騙的
只因頭頂青天只因耐不住冷淚流
直到有天化成俎上肉
你認識了最誠摯的嘴臉
這是牛痘的接種
當你第一次受騙

（刊笠第107期1982.02）

跳樓

搭電梯直上是樂章
更開心的在高樓的窗邊俯看騰雲駕霧

有點暈眩的
他展如鳥之翅從小窗櫺衝了出去
欲飛往更高的天空
那兒有個傳說

人群聚攏過來了
有人說有人輕生為的愛
有人跳樓為的債
而他在馬路上裸露成一朵的血紅的薔薇花
只是為了實現他高飛的諾言

（刊笠第107期1982.02）

有錢是老爹

繁華地方要花錢
有色情的地方有錢花

沒錢去那裡
飲清風望明月睡公園涼椅

工業社會裡燈光淒迷
錢即生命化身
生命要用錢去堆砌

沒錢的有別人的冷眼沒有任何的關切
有錢的就是大爺姑娘暱稱是愛人
沒錢的公寓騎樓下狼飲老米酒泣著血和淚
只有孤獨的人影相對
有錢的觀光餐廳裡輕啜黑啤酒
還有姑娘相依相偎
嗲聲嗲氣侍候著哪

工業社會是燈光淒迷

淒迷就是華麗

（刊笠第109期1982.06）

把心靈封閉

媽媽對兒子說

出門在外不能和陌生人講話

有人拐騙有人綁架了小孩

銀行高掛著牌子

「錢財不要露白」

免遭宵小窺伺破財末必消災

警察說當心門戶隨手要關門

免遭劫色劫財

報上也說要注意行跡可疑的人

有人被搶劫有人被姦殺

人人告訴你

用鐵窗鐵門把自己孤立吧

處處警告你

對人不要誠懇只能抱著永遠的懷疑

工業社會燈光淒迷

漆迷就是把心靈封閉

（刊笠第109期1982.06）

比賽

廣式閩式台菜湘菜

中餐西餐海產大王

日日雲集大吃大酌

有人還要排隊等桌椅位

把能源用掉資源吃掉外匯也耗掉

自古即是吃的國度

於今更不僅填飽了肚皮

還有花錢的比賽

有一天山崩海嘯

能源短缺資源不足外匯也赤字了

不再有錢去比賽

就比賽落淚吧

看誰淚多淚大淚又急

（刊笠第111期1982.10）

歌聲

歌聲是一針麻醉劑
把人擠在安樂窩裡
總想這是太平世紀
人人歡樂無比

歌聲響自東西
把人圈在安樂窩裡
不用想像來日怎麼辦
只要把今天活得有聲息
何必厲兵秣馬枕戈待旦且具戰鬥意志
何必想起
羅馬毀滅在於羅馬人瘋狂的坐息

讓歌聲響去意志力
就像火藥定時爆炸
在縱慾裡

（刊笠第111期1982.10）

老人的寂寞

日日把信箱啓開
日日祇有空泛的雙眼
日日期盼天天等待冬去春又來
南燕總要回家的

疲憊等待著消瘦的日曆
有天期待在門外
信箱塞滿了函件
老人雙眼倏然晶亮了起來
悸動的淚珠顫抖著雙手攬信件入懷

信一件件拆落寞隨風來
傳單就是傳單
不是什麼子女的請安不是什麼社會的關懷

冬去春來

南燕呀

請快快回來

（刊秋水第37期1983.01.25）

投寄

近處不見親戚
遠處也沒有朋友
異地的月亮總是虧缺不圓
沒有問候也沒有關懷

老人把信函一件件的投寄
只為產品目錄的索取
看它童裝製作精巧否
看它禮品式樣新穎不
甚或空想一下午的豪宅置屋夢

太陽西斜
海灘有孤影長寂
近處不見親戚遠處也沒有友朋
老人把信函一個個的寄
郵寄著孤獨

（刊春蠶第4期1983.01.15）

一領三十

拖一包袱走向人群走向魚腥肉臭味
一個斑髮老婦來不及掩鼻的就攤開了包袱
一領三十外銷退貨
吆喝

人群佇立眼珠集注手腳卻如蚯蚓耕著泥
犁過一壠還一壠
老婦笑顏逐開
女兒註冊費幼兒的牛奶錢

一領三十外銷退……
一個斑髮老婦把一半的吆喝活活的吞下了肚
拖起包袱衝向人群
而那顧客怔在原地
而警察在另個方位

風霜有淚

（刊笠第113期1983.02.15）

天性

把一灘雨水攪混後
白鵝帶著羽亮的毛回家

把一池水攪混後
老牛帶著晶亮的皮回家

而豬是豬
把一灘雨水攪混
把一池水攪混
帶回家的
還是泥濘滿身的內傷

（刊詩人坊第3集1983.02.10）

寂寞

鐵路公路飛機輪船把地球壓縮成一個個皮球
電話電視衛星把皮球壓縮在火柴盒子裡
臥在公園看著浮雲
浮雲下孤燕忘了南歸

坐在咖啡館的老人聽著古典樂
把指頭輕拍從不爭執的腿上那是自己的
沒有訊息
冷冷的門鎖寂寞在門外

偶有陌生信函寄來
只是依址投寄的商品廣告和候選人的傳單
地球是皮球是火柴盒小小的
卻見冰冷的門鎖把寂寞關在門外
孤獨的老人

（刊掌握第4期1983.03.29）

一個佝僂的老婦人站在斑馬線上

立於兩齒之間
她挽起菜籃走進了空洞
在白色斑馬線上

一輛紅色計程車走過
她灰白鬢角飄飄瘦癯臉頰有著迷惘
一輛藍色貨車躍過
她黑衣一角飄瘦癯臉頰忘掉
一輛警車響著警笛導引著一輛的裝甲車
壓過她一畦的心田的哀號

瘦癯臉頰泣
立兩齒之間
她挽著菜籃走進了不熟悉時空

（刊笠 第114期1983.04.15）

絲瓜棚下

那一季風雨竟把絲瓜棚吹翻了
媽咪揹負襁褓在棚下發愁了良久仍不知
該如何去嘆息

縱然絲瓜季裡粒粒絲瓜已跌落
日子依然要咬緊牙關挺著度過

那一季風雨絲瓜長滿了一瓜棚
媽媽坐在棚下搖著頭嘆著息

孩子自有飛揚的天地逕往工廠謀生去
孫子女只懂得吃糖這玩意
還有誰甘心擁抱這無邊的大地
除草施肥日夜照顧
一瓜棚的綠意
讓絲瓜季裡餐餐瓜香一如往昔

（刊工商日報1985.10.11）

詮釋《鞋底‧鞋面》（代後記）

趙迺定

　　個人從事文學創作，自一九六一年首篇詩作發表於《自由青年》以來，寫作歷史已歷半個世紀之久，其間對詩、散文、小說、兒童文學及評論等，均有所涉入。茲今將原已於報章雜誌發表過的作品重新檢視，自行彙整輸入電腦，並擬予分類結集。

　　個人所以要再自行檢視，或者是因發表當時仍有疏漏，應予補空；或者因時空轉變，人生歷練不同，感悟與所得也有不同，因之增補其內涵，慎重其事，此或可謂係「第二次寫作」。也因係定義為「第二次寫作」，所以進度費時費工，與初創類同；惟其絞盡腦汁的苦楚，自也是苦行之態勢，個人願意承受。

　　就個人詩之創作來說，對其早期作品，將分為二集，其一為本集的《鞋底‧鞋面》及第二集的《沙灘組曲》；至於後期作品，則另行研議處理。

　　本集《鞋底‧鞋面》，分四輯，合八十二首。其中「愛妻輯」十五首，「情書輯」九首，「人生輯」三十一首及「都會城市輯」二十七首。

　　為方便學子研究，瞭解個人寫作之演進脈絡起見，各輯內詩章，大致按發表日期順序排列。並以隨筆方式，或寫重讀感悟，或寫其創作目的，或予分析其內涵，都為代後記，此或許有助導讀。

「愛妻輯」十五首

1. 〈伊是無體動物〉：天地間萬物的形態，可概分為氣體、固體及流體；惟思想、思考、意識、情緒及反應等本身，均為無形體者。人間有兩性之別，相互吸引而得予傳宗接代；此為自然之定律。兩性之結合，不談男女性別之差異，專就個性上來看，有者差異大，其吸引力係來自互補，有如「駝子配大肚子，恰恰好」；有者差異小，其吸引力則來自於一體的感覺，不待言已知其意，如影隨形，亦如同對方「肚子裡的蛔蟲」。一體的感覺，固係恩恩愛愛之表徵，你儂我儂，羨煞多少神仙眷侶，然就生物的發展來看，並非最佳選項。生物發展的最佳選項，理應在於取兩者強項綜合成就之，才能發展人類最優良的下一代；所以在男女婚嫁上，除考慮血源關係遠者外，同時也應考慮兩者個性間差異的大小，而採差異大者亦為不錯的選擇。

　　該詩除寫女性情緒受賀爾蒙影響而善變以外，自也因其個人成長環境有所差異，個性差異也會較大，認知也會有不

同，無法事先掌握瞭解溝通，所以每每有出人意料之外的情況會發生。學問原本就是累積人類社會的智慧結晶，很多都是可以被傳承的，可以被學習的；然男女夫妻間家庭問題的產生與解決，並非專靠智慧結晶的傳授與應用即可達成，而應因時因事妥善的應用，只因個體的行為並非法則可以套用，個體的行為有活生生的情緒反應，而法條、規範或準則則是冰冷的東西。所以夫妻間的問題，就要靠耐心、容忍、體諒、相互磨合、關懷與體貼，慢慢的、一步步的修正、改進、處理；久而久之，因相互的瞭解與相互的磨合，自然而然可以找出夫妻兩個人特有的、專屬的相處之道。夫妻差異大，除互補以協同走過人生的道路以外；有時也是「酸甜苦辣鹹淡／百味雜陳」，而這何嘗不是人生的修行。

2. 〈帆與港〉：帆與港，分別代表男女兩性；而異性相吸也是至理。活著的目的，很多的時間是在準備追求「愛情」，進行追求「愛情」，以至於「愛情長跑」，而後結合。愛情的產生，大致先從接吻起始，接著才會有愛撫及進一步的進展。此詩寫的是吸引→吻→定情相屬，那是一種很順利的愛情；也是很宿命的，「打從那一天相遇」開始，即已心有所屬的認定了對方。有可歌可泣的愛情，固是賺人眼淚的小說，足可膾炙人口；而一見鍾情，或順順利利的平凡的愛情，不也是一種幸福嗎？

　　此外，該詩除認為男女結婚是宿命以外，也有鼓勵男女

結婚入洞房之意；尤其，值此人口快速老化，臨界高齡社會之際，更要以社會政策、教育政策、財政政策等，積極的鼓勵青年男女組織家庭及生育下一代，方可消弭可預見的未來的經濟生產力的降低，及老人社會照護問題。

3. 〈泊一個我在妳上〉：此詩是一個對堅貞愛情的宣誓，雖然其相遇是那麼的再自然不過的事，也顯然的沒有過激動、「沒有心悸、沒有頰紅」；或許這就是再續前生緣吧，是很宿命的。那是再自然不過的事了，只因妳在實體上及情態上，你就是「另一個的」我的存在；而我是多麼的熟稔。所謂「另一個的」我，可解為與我同體，亦可解為「欣賞愛慕」之意。而「泊在實體的我上」，依第二節置換，其實就是「泊在妳的實體上」，也是相擁抱之意；至於「泊在心裡的我之上」，經置換後就是「泊在妳的情態上」，也就是心理上的愛慕與相屬感覺，至此而「形意體」全然合一。

4. 〈愛情季總多雨〉：愛情是令人著迷的事，所以有的人窮其一生或半輩子的歲月在追求著愛情，如「不愛江山愛美人」；而一般的人，至少也會花上一、二十年的歲月在追尋愛情。但是，愛情卻是捉摸不定的、來無蹤去無影的、多愁善感的；而且甚至可以說，有憂傷、徬徨、思念、不捨、無依等的負面情緒居多，所以「愛情季總多雨」。此詩寫的是兩情相會，「不想別離總要道聲再會」的依依不捨的無奈；

而那種既非悲傷也非喜悅，沒來由的，無法擋的自個兒的掉淚，卻又不想讓對方察覺到，只得找個「別離淚」以外的理由去搪塞，自是令人更加的不捨。該詩把「別離」與「淚」結合在一起，是常情，也是女性常有的情感反應，卻也更顯其依依不捨之情及楚楚可憐之狀。

5. 〈而伊仍是〉：詩裡所寫均是升斗小民家庭裡的日常小事和寒暄、噓寒問暖而已，目的在凸顯平民階級的共通生活的特性，也是最平民化的每天都該勞累的家事；而在家庭小事裡互相的體諒，互相的關懷，其恩愛之情，雖僅是淡淡的，卻已溢於言表，毋須多言。其實，普羅大眾的夫妻生活，不也多是這樣的嗎？平平淡淡的生活，一個小小的叮嚀與關懷，就足夠容忍無盡的每天的家事勞累了。世界上偉人不多，偉人都是一生犧牲奉獻的人，而不是那些達官顯要者；而且你我也都僅是平凡的凡人而已。

6. 〈鞋底・鞋面〉：鞋底與鞋面是一正一反，也是一陰一陽之意，正如男女性別的差異。該詩以層次漸進的手法，逐層的去深化描述，其中亦有神經質的疑神疑鬼，最後則為釋去了「壓力」的解脫。此種作法，在歌曲、跳舞或者做愛上，均可見到的；也就是在一緊一鬆中循線進行，以達到舒放、陶醉與解脫。

　　該詩雖僅是從「鞋底踩在鞋面上」的一件芝麻綠豆的小事開始進行，卻也凸顯男女後天教養的差異，而「我」所以

會時時的提醒自己不要犯這種的錯，主要原因就是「不想被罵」，以及「不要她生氣」所使然；前者是自我防護，後者則是關懷體貼另一半的表徵。

7. 〈當伊不在家〉：不同的血緣關係，不同的性別，不同的成長環境，不同的個性，總會造成已成家的兩個人多多少少的總有些差異。該詩透露出「伊」是一個挑剔的、龜毛又有潔癖的人，且也是嘮叨、注重繁文縟節的人；而對方卻剛好相反。所以有一方會壓制到另一方；而另一方則因被壓制而退讓。當「伊」在家時，對方為了「和諧與免受挨罵」，只得強求自己去遵照規定辦理。但當「伊」不在家時，其壓力已除去，那種被過度壓抑的愛自由、不想被拘束的反抗心理，或者說是恢復以往的生存環境的意識，就自然而然的抬頭覺醒了。

該詩以瑣碎的事物以及諸多的動作：如「輕道」、「輕掩」、「趿上」、「逛到」、「開關」、「踩在」、「蹦蹦跳跳」、「迴轉」等，並以「雀躍」、「歡欣」、「高興」、「蹦跳」等情態詞，以及諸多場景：如「廚房」、「臥房」、「書房」、「洗手間」、「客廳」和「陽台上」等交互作用，而造成很熱鬧的動感，很快樂自由的氣氛。而這何嘗不是對「壓力」的反抗！爭「自由」的表徵！社會改革運動者或者革命者，不也是在對壓制的反抗嗎？只是對象不同而已。是凡人類，小孩子的成長不也是會有一段的叛逆

期嗎？而那個叛逆期，即是對教條、規定、傳統與權威的懷疑、否定與反抗，而這也就讓這個小孩在心智上快速的成長與獨立了；而這種成長與獨立，也就是在為將來他自己脫離了父母、家庭的翼護後，如何去面對生存的條件。

再看人類的社會發展史，那些創新、創造、改革與革命等，其根源不也是來自於叛逆？亦即對現況的不滿，才會去啟發創造與改進的動力。

8.〈太座，長工〉：該詩以事件的衝突、言語對話的衝突，達成「太座」與「長工」位階上的差別，以及「太座」既要擁有母性的權威，亦要有如小女孩的被呵護，那種兩相得兼的角色變換。而第一、三節的「一陣急促被踢」，自有常常如是的感覺，亦有循環不息之意，讓詩意延伸。至於「被踢」、「小孩」、「笑罵」、「兇巴巴」、「噘嘴又神氣」等，則有造成「辦家家酒」一樣的氛圍，在吵鬧鬥嘴中自有溫馨存在。全詩，很簡單的以數個動作與言語，在短短十來行中，表達出夫妻的日常生活與相互關懷之情。

9.〈伊的伊〉：女人懷孕是一種微妙感受，那是女人出生以後，最大的喜悅以及最新的，也是最驚奇的世界。沒有懷孕過，沒有生產過的女人，事實上不能算是一個完全走過女人歷程的人，也就是說不是一個全方位的女人；此係就人的生物性來說。該詩寫女人懷孕的喜悅，突然間有愛的結晶在肚子裡滋長，而且一天一天的長大，長大到在肚子裡會踢人、

會動，可以感覺到他的存在，雖然胎兒仍是在女人的肚子裡，以及夫妻間對懷孕的好奇與對小寶寶的生長與誕生的期待，流露出共同關懷愛的結晶的情懷與喜悅。全詩也是在夫妻互動中，展現出所建立起來的共同的溫馨。

10.〈吃豆花去〉：該詩簡單的把「伊」和「豆花」連結在一起，就足以敘述母愛的偉大了；為了自己的小孩「會白」一點，可以忍受以往自己最不喜歡吃的、認為是最難吃的「豆花」，而整天的、朝暮的鬧著、吵著要吃「豆花」。事雖鄙小，其實也是一種犧牲或者說是一種改變或適應，是對應於自己的舊有世界的改變。也或許吧，從生理反應來看，這種「害喜」反常，是注定生男的現象而已；但個人寧可認為那是一種母愛犧牲的表徵。

11.〈我裝著適意的吸著紙菸〉：該詩為裝傻對抗嘮叨，而且是裝傻落敗了；也就是說：即使「我裝著適意的吸著紙菸，我裝著疲累的臥躺在床上／就那麼輕輕的舒展著四肢，四肢──」，「我裝著勤奮的洗碗又洗碟，我裝著賣力的拖又拖地板／就那麼勤奮賣力的揮著舞著舞著揮著」，或者「我裝著沒聽到伊的叫聲／我裝著聽不到任何的音響」，這麼多的裝傻，卻依然敵不過「那嗡嗡，揮不走那嗡嗡嗡」。

　　而那「嗡嗡」之聲，就是「去洗澡，去洗澡」。第三節末「而總是嗡嗡著伊的音響──／去洗澡，去洗澡，去洗澡去洗澡」，而第四節末，只言「那嗡嗡，揮不走那嗡

嗡嗡的音響」，不再提「去洗澡，去洗澡」，目的在造成
迴響餘韻。洗澡是一種習慣，一種衛生習慣，但並沒有規
定一天洗澡一次。有的人兩、三天洗一次澡，有的人一天
洗好幾次澡；而歐、美、澳等人，大多是睡醒後才洗澡，
與台灣人不同。另有某些地區或國家，那裡的人是一生洗
三次澡：出生、結婚與死亡。其實，對我來說，天太冷去
洗澡，或者太累了還要洗澡，那都是一種懲罰；天太冷，
還要脫光衣服，不是更冷了嗎？或者太累，想去睡覺了，
卻還要強忍著「瞌睡蟲」的侵襲，打起精神來洗澡，這不
是虐待嗎？所以，以往在有此情況下，我是會次日再洗澡
的。但是現在，有人在旁隨時叮嚀、嘮叨，而我是多麼的
不願意，卻不得安寧。此詩也是內心裡希冀個人自由，希
冀過著以往環境的自由生活的詩。

12. 〈賭氣〉：來自不同家庭的男女兩個人自組家庭，然其個
性、性別、生活習慣、想法與觀點等，總會多少有所差異
的，而這一些或者因其他情緒的關係等，不免造成相互間
的誤解而會有所衝突與賭氣。該詩寫的是，賭氣至冰釋之
間，那種忐忑、關懷、和解，以及冰釋後的心情；無待口
頭道歉的，只要一個言語，一個動作，就已然攤開和解的
康莊大道。末節「於是——／伊我相對更大笑／伊我相對
／更／大笑」，是一種賭氣的釋懷，是一種壓力的釋放，
一切盡在不言中。

13.〈人家離不開你〉：男女兩性共同生活，因生活習慣上的差異，或者說想法上的差異，經常會造成衝突。該詩從「伊怒氣責備：／白衣怎可和在黑衣裡清洗」起始，而「我來，我來，不要你幫忙／你呀，越幫越忙」的否定對方，繼而「伊嗆聲伊啞音：氣死了，我出去了／我平靜的說：好啊，妳出去就出去」的賭氣，再是「伊梳頭伊換裝我斜眼睨著伊／但見伊傻傻坐／我裝著不見的用力的猛搓衣／心頭噗通噗通直如提吊桶」的僵局心情，然後「但聽門扇一聲關門聲直響／伊真的出去了，這怎得了／我一陣心急趕緊把客廳瞧」的詫異與醒覺，接著是「只見伊光著腳丫依在門旁」的令人心安，卻又不甘妥協的嗆聲「怎的不出去啦！」而後「伊呀，伊攤開雙手快步向我來／伊蹙眉嗲聲答：『人家離不開你嘛！』」的釋懷結尾。

　　本詩每一、兩行，就是一個動作或心情的寫照，場景變幻快速有如電影；而其氣氛則鬆緊變化快速，高潮迭起，卻又如一氣呵成，足可扣人心弦。或許這種詩，似可稱為「小說詩」吧！雖然我們知道，一般來說，所謂的小說是「虛構的」，重情節、氣氛、懸疑、高潮迭起。

14.〈只是想叫你〉：青少年是詩的年代，小小的一句話、一個動作或一件事情，甚至於一個雨景、一張舊照，一座山，都會激動你的心，讓你感觸良深；如果將之抒發，不也是一首詩嗎？該詩前節，「伊」僅是再而三的在叫「我」，

而「我」也是再而三的回問「幹嘛？」其對話可以說是最平淡無奇的了，甚至於可以說是莫名其妙的！然卻是製造了好幾個的懸疑。一直到後節的「不幹嘛，不幹嘛，／人家只是想叫你。」才急轉直下的體悟到，她「只是想叫我」。而這就把夫妻相依持或依賴的感覺點了出來；而這也是點出了一個承認一起共同生活的事實。當然，如果就後節「伊攬我腰自我身後／伊秀髮緊貼我臉頰」來看，那就可以肯定的說：伊是想要抱抱她的丈夫，享受一下相屬和被愛的感覺。

15. 〈太太不在家〉：飯來張口，茶來伸手的人，總會認為作飯、沖茶，沒有什麼大不了的學問；洗洗米放電鍋就可以煮飯，洗好的菜丟進鍋裡炒一炒，就是作菜，茶葉往壺裡丟，加上熱開水就是沖茶。而飯後、茶後的清洗，也只不過是清理殘渣、飯屑、廚餘而已，哪個人都會做。如果是那種瞧不起這種家事勞累的人，那麼我看他的勞心勞力也不值得讚賞的；看不起別人做的事就是看不起自己做的事。所以，當兵的只是拿著槍桿的，演講者或老師只不過是動嘴巴的，寫文章和公務員只不過是動筆桿或辦公事的，又有什麼可提的呢？事實上這個世界，太多的人都是過度膨脹自己，總認為自己最是了不起，包括我自己；但是，至少我會去欣賞內斂的人，那些滿「罐」的人，而且我也會朝這個方向走。

總結：

　　「愛妻輯」十五首，寫的都是夫妻間的生活；夫妻間那些一舉一動、一顰一笑的生活寫照，無一不能入詩。詩貴在有詩意、有韻味，能餘音繞樑，而讓讀者有所啟發、有所感動、有所增長智慧，於我心有同感的融入作品中，就好像作者就是在代替「讀者」寫的一樣。該輯盡量以通俗、詼諧、俏皮、口語、宣誓，甚至於有些玩世不恭的手法去陳述；而且挑出的詩題，都是每個家庭會碰到的夫妻相處間的問題。至於在詩的技巧方面，各詩題最後大概都是一個驚喜、一個關懷、一個愛、一個和解為收尾；而此也是寄望夫妻長久相處之道，所謂的「一世夫妻三世恩」，而這也是人類家庭制度所以建立，以及所以能維繫的所在。

「情書輯」九首

1. 〈在今晚〉：這是可悲的，也是可恥的：人常是兩套標準，人前人後不一樣，白天夜晚不一樣，意識與潛意識不一樣。虛偽、狡猾、善變就是人性寫照，雖然有人會認為這就是適應，是通情達理；但是如此說來，人類社會又何須法律、規定、規範、習慣？當然這是題外話，暫且不談，以下僅就該詩來談。其實，該詩是對愛情或者做愛的幻想；打從青春期開始發育以來，人對愛情或者性就會有一種衝動，可是當「真命

天子」未邂逅前，你的愛情只是一種無盡的追尋、刺探、摸索或者嘗試、試驗而已，是在學習中逐漸成長的。

　　誰是「真命天子」，你不知道，只有等到修成「正果」，翻了牌才知道。回過頭來看，也許你會發現，那個人十幾年來一直陪在你身邊，而當時你是連一個和顏悅色都不給他；也或許你才知道，那麼多俊男美女圍繞著你身邊，你卻偏偏挑這麼一個其貌不揚、家世背景平平的人。在思春期裡，或者在青年期裡，看著同儕出雙入對，恩恩愛愛的，難道你不思春、憧憬、羨慕嗎？在你刻意的追尋，卻找不到異性伴侶的時候，那種寧願出售靈魂給魔鬼，交換「買春」，以得到短暫的性的滿足與衝動，你難道從未發生過或想過嗎？該詩除在寫愛或者性的饑渴以外，同時也在針砭人性的惡質面。

2. 〈等我・我愛〉：該詩寫的是相處度過數十年歲月的老夫妻，當有一方失去了另一方，那種數十年的依賴共生頓然如同中樑的倒塌，誰人承擔得起；而那種不欲再行孤單苟活的呼喊與希望早早離開的厭世感，頓然會瀰漫你的週遭。

　　全詩以「枯老」、「聚不了焦」、「黃昏」、「荒涼」、「困乏」、「入定的和尚」、「玻璃棺槨」、「摒棄」、「逝去的血淚有如他人的故事」、「等待」、「從最悠遠」、「遙夜」、「死灰」、「黑棺和梟」、「守墓者」、「失約」、「陰森窟窿下立滿了勝利的標誌」、「獨我」、「腐爛且萎黃」等消極的、負面的、灰色的、感傷的、感慨

的字辭，營造出一種空茫、沒有生慾的氛圍；而其音韻採用的盡量是「輕音」，一如垂垂老者了無生息，不久入木的老者的低吟，最後才點出自己的願望，就是「長風何時可以吹開城堡／等我，我的至愛／我將去，依偎在妳枕邊」，也表達了同生共死的夫妻恩情，失去另一半痛不欲生的真情。

3. 〈戀人呀，在何方〉：這是失戀者或者失去戀人的悽愴呼喊。當愛慕者為了獻愛，費盡千辛萬苦去「尋找鬱金香」。此處借用「鬱」字，隱含憂鬱、單思、單戀，借用「鬱金香」，表憧憬、美好、嚮往，所以「鬱金香」表單方面的追求、單方面的憧憬，是一廂情願的；而這也穩含其結局一定是悲傷、無助、失望的結果。而「已摘滿了一整籃子」，戀人卻已離開，這裡的「離開」，並沒有指明「戀人」是故意拋棄他而離去，還是「戀人」失去生命而去；不過，基本上，為了對方而忍受「暴風雨拍擊鼻尖癢唇／足踝下泥濘濺滿了野草」，以及費心的「妳要尋找的鬱金香，我已摘滿了一整籃子」，卻才發現戀人已離開，原本的自以為抱著滿滿的希望就要得到的愛，堅持著走過千辛萬苦的路，卻突然發現那些努力已不需要了，因為戀人已不在。這就像費盡危險的攀爬，已將到對岸，卻在最後一剎那間掉落萬丈深淵，何其痛心與絕望！而這是何其殘忍的事呀！

　　第三節「舉目瞧望，山崗上雨後的陽光／是朝陽還是夕照／啊，是火紅夕陽／正遍染西方的天邊」，即在影射「失

戀者或者失去戀人者」的心情，亦可解為戀人已了結生命離他而去；而不管戀人的生命如何，其肉體是否存在，基本上，在作者的心目中，那戀人已死亡。太陽有升起也有滑落，此為日月運行的自然道理，以之影射人的心情，自也有「宿命」的感慨，本來就會如是。而此係人生的苦楚，其歷程都在哀傷、灰色、毀滅中渡過。

末節則是悽屬呼喚，不欲戀人離開；是再一次的呼喚，以呼應第一節，造成意念上哀傷的迴旋張力。雖然作者已知心目中的戀人已然「死亡」，但對自己曾經付出過的努力，還是無法接受倏忽間的消失，所以而會再次呼喚；此也是在印證人性的矛盾，以及對愛情的矛盾。

4. 〈塑妳的土〉：在人海茫茫中，茫然的去追尋愛情，卻不知道哪個她是長得怎麼樣的，其形象又如何？在「紅的綠的藍的霓虹燈眨著眼／人頭如初萌芽的禾帶著殼蠢動」中遊走，我依舊是「一尾迷失的魚」；雖然我「曾幾次逗留幾次探訪」過愛情的城堡，而今我依然落得是「一尾迷失的魚」，孤單寡人一個的「穿梭於肩胛中」，擁擠的人群裡，以及「小販的囂聲斗大聲波音爆於長空」中，「走於無極之上」。

第二節，在冥冥中，「聽鶯啼聽銀鈴響」，那是愛神的呼喚，我「抬頭且眺望」，哪個是我的愛人的形象？所以我要「走過草原走過溪畔／訪高山訪海洋」，卻「採擷不到塑妳的土」，無法塑造一個在我潛意識裡的那個女人。

　　第三節，「紅的綠的藍的霓虹燈眨著眼」，而「人潮如水牆堵堵碎散成水花」，卻已是人潮漸漸消失散去的時刻，「而我是被遺落的貝殼長吻沙灘上」，猶自踟躕於空蕩蕩的街道上；但我的尋覓卻又是撲了空。四周圍，我已然感覺不到小販的叫囂聲了，我也無法再去忍受那殘留的擴音器的震耳欲聾的叫囂聲；今夜，注定是空忙一場了，這時的我，只願儘速撤離那條街道上。

5.〈昨日望她今日望她〉：兩個孤獨的靈魂，相互暗自觀察著、相互暗自思慕著；卻又相互矜持著，恁誰也沒有打破陌生藩籬的打算，而僅只飄著互望的眼神。恁誰都可以體會得到，在他們相互之間有著某種情愫牽連：那是一種熟悉，卻又完全陌生的情愫。雖僅只是相互眉來眼去，卻是在那個時間、那個地點裡的一種習慣。女為悅己者容，當她知道他在望著她，「伊眸越來越閃耀／伊喬裝不知有他望她／卻常掠眸飄飄點他臉上／每一掠眸總深入他的瞳海」。她「一個掠眸一個劇動／槌鼓伊心湖千千企望／被渴慕的企望」。每天習慣於被仰望注目著，日復一日的，「有那麼的一天／不見他蹤影不見他的眼眸／伊惦起千千思念盤起許多個問號／不知他為何沒來上課為何不來搭車／心懸著他，有那麼的一天不見他的眸眼／伊心絞又凝縮」；此時，她是會掛起心的了。

　　該詩主在寫少女的思春、矜持以及憂傷、多愁善感。其實對習慣的事物，我們常會認為是理所當然而不知珍惜；卻

在失去以後才明瞭那個習慣究竟有多重要，所以珍惜擁有的才是上上策。

6. 〈某年某月某日〉：此詩寫相愛的兩個人，愛時「在月光下依偎／同唱海枯石爛／此情不渝的調」；且「把妳名刻在竹節上」；分離後的我，又恨恨的「把妳名自竹節劃去」，「憂鬱的心和傷感的箭／踟躕在月光裡／我和孤影相依又相對」。而後，隨著歲月流逝，年齡增長，「某年某月／我回竹林邊／撫著斑剝的竹節／竹葉隨風飄飛／在遙遠的故事裡／有對情侶曾有一段快樂的春天」；我已然沒有任何恨意，有的只是回憶，那是曾經擁有過的快樂春天的回憶，一如在海灘上，撿拾到的紋彩貝殼。紋彩貝殼，雖然其生命已然他去，猶自留下最美麗的生存記憶。

7. 〈子午之戀〉：在人生旅程中，你會遇到許多的人；在青春期裡，你會盼望結交異性，所以你會認識許多異性朋友。而在所認識的同齡異性朋友中，你也會被許多的異性吸引；可是當你的「真命天子」尚未出場時，所認識的僅是「女性朋友」，並非你的「女朋友」，雖然你曾熱烈企盼和她是「男女朋友」的關係。也或者，你們是曾經互相吸引過也相愛過，卻在某種因素下分離了。種子不一定會發芽，曾經相互愛慕的人也不一定會相愛；該詩寫的就是這類沒有結果的戀情，雖然相愛時是多麼的熱烈、海誓山盟的，熱烈到如此的深刻：該詩前節的「子午時刻劃破了無極響著妳的音響／二

月偶見妳眸一池的蔚藍／春開蛹化蝶／鵲橋子午時刻／漣漪
揚帆圈圈等待／幾多互古時刻」。

對方既非你的「真命天子」，雖然你們曾熱烈相互吸
引，總有一天，即使僅是為了雞毛蒜皮小事，她也會離你而
去，或者你不再依戀她而分開；所以作者在後節如此的寫
著：「五月何來西風起／山雨連著來／歷史版畫悸痛圓桌有
鎗砲／聽筒再也穿不進雷響／劃不破無極祇有空等待」。類
此的戀情，其實僅只是人生旅程中的一個漣漪而已；但你會
記得這個你曾經擁有過的。

8. 〈埋心中吧，一份鍾情〉：這是一首暗戀的詩。暗戀有時是
一份情緒、一份衝動，來無蹤去無影；可長及幾十年，也可
短到幾天。前節「見妳咬唇在靜默沉思／且挪一縷秀髮」，
你的心就被觸動了，你的「互古朗笑就此打住／唇角載不起
微笑的曲線」，你呆駐了，你傻了；而當她發現你的注目，
她的那個回眸總是最神秘、最豐富的蘊涵著千言萬語。後節
寫，自此你開始孤寂憂鬱，可是你自覺與她不配，因為你認
為她是天仙美女，是仙子下凡，你依然「舞台語言難奉獻／
銹蝕言語難啟齒」。既然你不去打破僵局，所以「女人囁嚅
死寂號角」；而你依舊是撲燈的蛾，只會不悔的自怨自哀，
只會讓自己的心更沉痛，更沉浸在暗戀的沉痛折磨上。你又
能有何作為？

9. 〈1992——火・車站・其他〉：沒有回音的戀情，總是一廂

情願的自己醉著、夢著。當你自以為投遞的郵件，她會收到
而且會赴約，然後你興沖沖的到達約會地點。只是約定時間
雖來到，你想念的人卻沒有出現；這種「盪樂跚蹣貝殼也多
愁／海潮不泊岸／沒離別沒聚會」的約會，也是人生旅程中
的一個漣漪。而你也會為她設想，或許她沒有收到信件，也
或許她有事不能來，總之你會為她找好多理由說服自己，就
是不去碰觸被她拒絕的事實；所以你還是會寄望下一次的機
會，而且還會「淡淡一壺咖啡猶自滾燙／九月天裡帶個祝福
給遠方」。你還是會單相思。

總結：

　　「情書輯」九首，大致上都是單戀與追求，那是一種對
愛情的幻想，對愛情的渴望以及茫然無頭緒的追逐，因為你不
知道將來會如何，雖然你有打算與她一起走進禮堂；但是，最
後的選擇都不是她們。

「人生輯」三十一首

1. 〈來去何從？〉：第一節寫自己一個人活得好好的，甘願
　　孤獨著，「帶一簍流浪去聽山籟潤聲／午夜且獨往仰視星
　　斗」；第二節寫自己想到遠方留學去；第三節寫原本有的
　　愛戀已然止息，不再寄望什麼，也不再去憧憬盼望了；第
　　四節寫自己的信誓旦旦不再想她，卻在觸及她的回眸一

望，自己又崩潰了；而又勾起那「沙灘」和「月亮」的日子來。

2.〈讓我們歌唱人生〉：該詩鼓吹走出戶外，「去愛山，去愛海，去愛原野，去愛溪澗」；同時也是愛人生的，「讓我們一起歌唱人生，讓我們齊聲在原野歡唱」。

3.〈冰河之浴〉：該詩寫男女相擁熱烈做愛的情景；詩中有寫實亦有隱喻。

4.〈生日那天〉：該詩在寫漂泊在他鄉，又逢自己生日，那種即想家又孤單的心情。末二行「孤寂壓抑著那默默拖好長的路／拖一個好長的身影的路」，即在寫思鄉的苦楚，亦在寫心理上的故鄉和里程上的故鄉都是那麼遙遠而不可慰安，強化思鄉之切的感受。

5.〈路〉：將實體的路與行為的路結合，並演繹出「有正路，有非正路」之別。但總結來說，所謂的路，是你的自行選擇，善惡要自行承擔；再說，如置身「非正路」的環境裡，你亦可有正思與正行，擇善固執；而並不是說，非要和稀泥不可，只是其歷程更艱辛而已。

6.〈人多人少〉：人的個性不同，其選擇自亦不同，而且即使同一個人，也會因時地不同，其選擇亦將有所不同；所以人性是最難瞭解的，因為其行為、動機、動作皆起於「起念之時」。早上喜歡的，下午可以厭惡，或者「愛之欲其生，惡之欲其死」，人而能不慎乎？

7. 〈兩根筷子的故事〉：生活環境不同，思想、作為自亦不同，有人認為是小事一樁，有人認為是天大鄙陋；人世間的紛爭就此而起。

8. 〈培墓〉：此詩為思念先父之作。

9. 〈妳我不一樣〉：作者曾見過年輕女性熱心扶持老嫗坐上「愛心座」，令人感動；也見過對老嫗的過斑馬線，視若無睹。該詩屬後者，且也兼談歲月的流逝，令人感慨；還有的就是年輕與年老的矛盾。全詩以「大太陽下她撐住黑傘蓋住了黑衣裳／當綠燈亮起，她走起路一搖又一晃／她瞪著一線魚尾紋的迷惘」，描寫老嫗之蒼老，歲月將盡。又以「瞪著一臉的迷網／甩向四面八方／卻總是不聚焦在黑傘上」，描寫少女之迷惘，不知人生的意義為何，但又夢想外面的美好，不知愁，卻不會為可能有的挫折及晚年的情景預作心理上的準備；雖然生老病死是生命的循環，人無一能倖免，雖然「世事不如意者十之八九」。

10. 〈我們總是要回家過年〉：該詩寫的是尊重「過年回家」的習俗，所謂的一家人的「圍爐」；也有回家過年的興奮與過程的勞累。而三度的「只因不想在三百六十四天之外加上這麼的一天／這麼的一天總是要回家過年」，強化其回家過年的意義與意志，讓詩中隱含著家的溫暖與親情的召喚；而這就是東方人的「家庭觀念」，以及年節習俗之一。至於最後的一節「誰管三百六十四天在外謀生是好是壞／我

們總是要回家過年」，除再次強化回家過年的必要性，也
在點出「世事常與願望相違」的無奈，而那就是人生。

11.〈踽踽獨行的身影〉：該詩是對「青春」的懸念，對以往
　　歲月的思懷，卻是「青春」再也喚不回，以往的景物已不
　　在，回憶是突增欷歔而已；此外，也是對「歲月悠悠，人
　　事已非」的感慨，而有落寞、孤單、不堪回首的味道。想
　　抓住過往的尾巴，卻是片羽支毛也抓不住，所以作者如此
　　寫著：「突然他看到一個／踽踽獨行的身影推車而過／他
　　衝動的面向他站立默然注視著／轆轆心跳人事已非唯一熟
　　悉的身影在眼前／他看到他驚恐的一瞥／他猛然點個頭／
　　踽踽獨行的身影加速的推車而過／只拋來一個驚恐／他哀
　　鳴：『你不認識我了！』／踽踽獨行的身影恨恨的說：／
　　『你該找有錢的！我沒錢，我不會請你客！』」

12.〈綠豆芽〉：此詩是寫萬物都被「命運」左右，突破不了
　　命中的注定。詩中先寫綠豆芽的奮鬥，即使「一顆綠豆芽
　　散發出幾絲鬚根抓住了地球／沒挺直的腰猛力往上竄過去
　　／一心想攀上天空／它的殼未脫落子葉仍在抱中」，卻是
　　「綠豆芽終究要被餵入人的肚皮裡」，綠豆芽就是再怎麼
　　樣的努力奮鬥，也敵不過命運的左右，「被餵入人的肚皮
　　裡」。接著急轉直下的寫著，人雖可以吃掉綠豆芽，卻也
　　是「人終究要被吃進棺木裡」，把人比擬為綠豆芽；而這
　　也說明：「一個人是一顆綠豆芽／一個綠豆芽是一個人」

的事實，人與綠豆芽已然合一，並無高尚於綠豆芽之處。此詩也是尊重天地，安於命運的宿命論之作。

13.〈抓緊我的土地〉：此詩寫的是對足下一片土地的熱愛，以及對生命力的堅毅與堅韌性的激賞，還有對美好未來的期待。詩中運用了許多的「去、入」聲，造成節奏上的鏗鏘有力；足以強化「固執地抓緊土地」的意念。此外也有呼應愛護本土，以及尊重在地性的意念；人而不愛自己的家鄉，不愛自己的土地，而說他對世界，對大地有多大的愛意，那是不可能的。

14.〈發酵註解〉：酒於酒罈中發酵，發酵後即裝成一瓶瓶的酒，然後酒就流離失所散置各處了，而後每瓶的酒在人的喜怒哀樂中被飲用。而人生的旅程也是一瓶酒，含著喜怒哀樂，一路的拾綴、釀造，最後卻釀成沒知感的棺柩。酒與人類社會已結成不解緣，喜怒哀樂都要用到它，而酒的酒性亦各異，就如人生歷程的不同一樣。只是在人生的歷程裡，不管是輝煌騰達還是落寞一生，最後都是「釀造成那沒知感的棺柩」而已。這裡的發酵，對酒來說，其終點是為了釀造出酒的美好；而對人來說，卻是以死亡為其終點。

15.〈小雨有點涼沒重量〉：此詩寫小雨的態勢，是「非雨非霧只是輕飄」；撐傘遮雨嫌雨小，不撐傘遮雨，卻又是一下子就濡濕了衣裳。中國成語「滴水穿石」、「防微杜漸」

差可比擬。用「非雨非霧」、「輕飄」、「沾上」、「輕染
鼻尖上」、「有點涼沒重量」、「雨太微太細小」、「略遲
疑」等，來拱托小雨的細微、輕盈、飄浮、捉摸不定的情
態，自是切題；且以押韻，讓詩更流暢。

16.〈不要淫慾就要泥巴〉：人的虛偽、造作、貪婪無度、肉慾
橫行，即使民主殿堂亦成為咆哮所，人的親近自然、和諧
共處的美德已然消失；而如此的逼迫、壓縮著地球，地球
是憤怒了！「總想爆炸個足夠／把泥巴上的世界粉碎／歸
返原鄉」。而「在爆炸前一刻／人們墊上了一層鞋子／出
門皮鞋入門拖鞋／他們自欺的說：還早，地球心跳正常／
羅馬毀滅在於自欺／失去了感知的自欺」；此在說，大難
已臨頭，人還是不見棺材不流淚，因為人已感受不到人類
生命危殆的降臨。而那種危殆，起因於「小巷有靈肉市場
有高樓都是聚財的金缽／會議場所是民主咆嘯所」，人而
能不慎乎？

17.〈男子漢〉：人常被指揮著、指使著，而喪失了本性，其
目的無非是迎合他人，討他人歡欣，以求得升官發財，增
加權勢與財富而已；其實，其背後裡是不是仍然那麼的聽
話，那是有疑問的，甚至於是相左的。此外，該詩也是在
說：「人前一個樣，人後不一樣的矛盾」；或者說：「人
前滿口仁義道德，背後專幹傷天害理勾當」，而此種小人
是最最恐怖的了，既虛假，又令人難防患。

18.〈颱風〉：寫颱風來臨時，暴風雨呼嘯嘩啦的恐怖，連「海洋和陸地」都因之顫慄；而「颱風是潑婦」，是不理性的、失去控制的，也沒有人可以事先預期會發生什麼樣的重大災難；且颱風是「沒一丁點兒憐憫的／露出一臉討債的嘴臉／把昨天和今天合在一起／把今天和未來揉在一處」，一併的算帳，一併的要索討回去。而「時間僅只是苦難人祈禱的／時間的連續」，是在說：這一漫長的恐懼與顫慄的時間裡，「苦難人」惟有無作為的祈禱而已，又能做什麼防患呢？而且，又有誰人關懷救助呢？可見升斗小民的生命是何其渺小與無奈！人類的生命何其脆弱！

第二節再寫颱風的恐怖淫威，是「把激怒的河激怒成巨蛟滾上平原去奔躍／把爆炸的高樓或茅屋或樹木／爆炸出一個個飄盪著的棉絮／渦在洪流中流浪」，那是一種無堅不摧的蠻橫。

第三節寫無辜生靈的恐懼與渺小、無作為、束手無策，是「一個哀號在海邊抽泣／一個哀號在高山祈禱／一個哀號在平原痛苦／苟延殘喘的人／正飲雨過天晴的夢幻／哆嗦在潑婦要債的／嘴臉之下」。

第四節寫，雖然前節裡，生靈是何其無助無奈與悲慘恐懼；然颱風依舊是不憐憫的，「風呼嘯雨也嘩啦啦／大地震撼著颱風的爆炸／把陸地血洗把海洋姦殺」，更是肆

無忌憚的發著淫威。尊天敬地,留給大自然一條生路,這也是與大地和平相處之道,以免遭致大自然更大的反撲。

19.〈把握今天〉:是激勵你我掌握今天,也就是掌握「當下」的詩;有堅持與奮鬥的要求。

20.〈放眼望前〉:以「我們就知道潮來潮去的／總是把昨日的垃圾／撿拾乾淨／不留痕跡」,以策勵大家要放眼望前,不要瞻前顧後。

21.〈窗簾布〉:人間事很多是一體兩面,也就是俗話說:「有一好,沒兩好」;或者「魚與熊掌難得兼」。該詩如以政治詩來看,則是搞神秘就是黑暗,社會將不會有光明與進步的果實。

22.〈蟬二首〉:第一首,寫蟬的生態,以及讚美它對生命的熱烈揮灑,活得充實,此為生命的存在意義。第二首,寫蟬的叫囂,兼及勾引出懷念童稚時的爬樹以及沉游在湖裡的回憶,「就這樣總讓我／憶想起童稚時代爬樹的回憶／那時多想長大／或者沉游在湖裡／裸裼裎裡了無羞意」;全詩佈局在傷感的氣氛中,也是反抗長大後的世故、冷血,內心裡仍是希冀著純真無邪。

23.〈在都市的城堡裡〉:該詩是對鄉村都市化的反抗,是提出對人類過度擴張領域的忠告;而作者依舊崇尚自然,憧憬著昔日的純樸、自然的風貌。人類過度奴役大自然,終將造成反撲;到時大自然的破壞力量會是加倍索回它所失去

的，人類勢將付出更嚴重的代價。此外該詩也是作者懷念
鄉下生活的純樸，積累著許許多多的鄉愁；並且慨嘆「總
有一天玩泥巴將是最大的快樂」；而不是當下追逐的富貴
與名望。返璞歸真，最為適意；鄉村生活，最佳選擇。

24. 〈心靈是白癡〉：這個時代是人人愛搞政治，愛搞經濟的時
代；即使小孩子也是被教育為「每天揹著書包／聽爸媽話
把書讀好／讀好書才是做大官賺大錢的料／那路呀一階階
往上走／人人都一模沒有兩樣」。「現實」是這一代年輕
人的通病，他們不再有理想性，也不熱衷追求精神生活層
面的提升。所以對他們來說，「文學是閒書／藝術是旁門
左道／心靈是白癡的工廠」，「工業社會燈光淒迷／淒迷
的意義就是華華麗麗」。其實，人而過度的追求權勢與財
富，只有更加的面目可憎，失落的更多而已，到頭來兩腳一
伸的，權勢與財富又能帶走嗎？只徒留未嘗好好生活過的遺
憾與懺悔而已。

25. 〈夏夜〉：描寫夏夜裡熱浪的侵襲，令人無法安眠的痛苦；
全詩以誇張語言渲染夏夜的燥熱，燥熱得令人無比的恐
慌，令人無比的心神不寧。

26. 〈鳳凰木花落〉：在南部，鳳凰木花開時也正是驪歌響起，
是畢業的哭泣季節或回想起畢業那時的心悽悽。前節以
「鳳凰木又一次的裝扮自己／把花朵插滿了枝頭」，「急
奔校園怎料驪歌又響起／情郎悄然他去／氣得一頭花瓣灑

滿地」；寫出鳳凰木花原本的滿懷欣喜，卻是換來無奈與
失望。而後節則寫不管是風飄或是下雨，鳳凰木花都是繽
紛的掉落，正與畢業的落寞、傷感、依依不捨相呼應；是
將景物與心情結合，既寫實也寫意。

27. 〈烏汛到了〉：寫漁人捕烏魚的興奮、喜悅、辛勞、繁忙與
幹勁。全詩具有一種動態感、繁忙匆忙的熱鬧氣息；也寫
出漁人生活的豐富。

28. 〈斑芝棉〉：寫斑芝棉是落葉喬木，冬來花葉盡失，卻是
「沒有綠葉的枝幹／在來春會開得更像紅玫瑰的／把人行
道映出情侶對對／把三月春的新綠告訴了大地」，是生態
詩；亦寓意「脫胎換骨」的激勵。

29. 〈雨的自言自語〉：以詼諧口吻諷刺人類浪費水資源的不
當；等到缺水時，才知道沒水的痛苦而求雨，此為緣木
求魚。

30. 〈撿石頭人的期望〉：寫出撿石頭人的辛酸、付出與希望。
該詩是作者將自己的撿到一顆石頭「就破涕為笑」，與撿
石頭人撿了無數顆石頭的艱困生涯做對比，凸顯出撿石頭
人的辛勞，並點出其忍受辛酸與勞苦，在在無非是為了自
己的下一代；那是對下一代無窮盡的付出與希望，以及對
生活與生命簡約的要求。

31. 〈錯誤〉：是對故鄉的懷念，是對置身「南方平原上的青草
在北國裡餐著風沙」的反抗；尤其在午夜想來，那種依稀

夢回故鄉的情景更叫人難耐。該詩前後兩度提到「鳳凰木枯幹」，係以之襯托思鄉之苦與憂悒。而「來春吐否翠芽」，雖是疑問句，但按常理來說，來春是會吐出翠芽的，此為其生命期的循環，所以此又隱含抱持希望的。而人生也經常是失望與希望的累積，因有希望而有活下去的勇氣。

總結：

「人生輯」三十一首，是個人抒發對人生態度、對生活態度的感想，其中有環保的、有尊天敬地的、有思鄉的、有激勵的；但大致上都是環繞在為提升精神生活的層面上，並有向真向善向美的感受與期許，而這也勾勒出個人對社會的要求，希冀社會走向和平、愛、關懷與包容，讓我們的社會更加的平安祥和，人人同心協力、互助合作，愛護腳下這片土地，以及這片土地上所有的生靈，「老吾老以及人之老，幼吾幼以及人之幼」。

「都會城市輯」二十七首

1. 〈搖晃大座椅〉：該詩速寫一個將退休公務人員的上班生態，是寫實亦是諷刺之作；也是提醒你我別那麼樣的讓人看輕！也別那麼樣的浪費公帑，讓老百姓瞧不起！則我們的國家社會將可更上一層樓。

2. 〈都市之鼠──排隊〉：寫燥熱天裡排隊之苦；詩中穿插許多的「熱」與「排隊」，凸顯在燥熱天裡，排隊之無聊與難耐。

3. 〈公園內・外〉：寫公園內自以為有牆為屏障而明目張膽的做愛，與公園外的偷窺者藉著洞眼窺視，此皆非妥當的行為；並期許無障礙空間的推廣，公共空間能攤在陽光下，反而是最佳的選擇。而且，其實越是隱蔽的地方，有時越是要被曝光、被爆料的，因為有太多的人會整天在那裡守候，所謂的「守株待兔」，人而能不慎「獨」嗎？

4. 〈時代・不〉：青春是愛現、自我、朝氣、叛逆、反傳統、追求時髦、追星戴月的時代；隨時洋溢著愛與性的召喚，肯定曲線美是最成功的藝術，值得驕傲，且信仰歲月不留白的時代語言；而這些不也是後工業社會時代的現象嗎？姑且不論這些現象的對錯，以及對當代的價值與意義，就我來看，我已非當事人，並無評斷資格與權力；因為未來的世界，是下一代人在掌握。

5. 〈博愛座・非〉：「博愛座」是同情心與愛心的體現，是祥和社會的表徵之一，值得拍掌鼓勵；惟開始設置時，僅只兩個座位，似嫌僧多粥少。兼且，所謂的「博愛座」，應是存在於每個人的心中，而非實體的座位數；人人能夠心存讓座給需要的人，則每個座位都是「博愛座」。

　　第一節「第一次認識博愛座是第一次坐／第二次認識博

愛座我不坐，我坐在博愛座的後座／第三次認識博愛座我不坐，我坐在公車的最後座」，寫作者與「博愛座」的相逢。

　　第二節「第一次認識博愛座我趕快讓座／第二次認識博愛座，我不得不讓座／『博愛座』三個字正刺在我眼球／知識份子當然識得字／第三次認識博愛座，我就不讓座／非博愛座也」，寫讓座與不讓座的理由。

　　第三節「第三次認識博愛座我不坐，我坐在公車的最後座／那裡就不用再讓座／誰管老弱殘障婦孺圍我幾多／要坐有博愛座／誰管博愛座只有兩個」，反諷「博愛座」的欠缺，以及人心的自私，對「博愛座」的曲解；當然啦，「博愛座」的初設，我們仍應積極肯定，有其存在價值。

6.〈現象：人多票少〉：針砭特權階級走後門買車票的不公，以及售票機關服侍特權階級，拍馬屁的不當作為。

7.〈我不得不打電話〉：醫生以救人為職志，是令人仰望尊敬的工作，享有崇高的社會地位；醫生而無醫德又食言，那真是要人命！

8.〈白天的紳士〉：針砭虛假的不當，鼓勵追求「純真」。人而能「純真」，即能誠實面對所作所為，也因之不敢有所逾矩，事事能率性而為，誠心以待人。兼且，如此一來，人與人間的藩籬自然可以撤離了，也毋須凡事防備「人心如隔肚皮」、「人心難測」，或「中了小人計」了；如此一來，人與人間，也可以和樂相處，而這也是「極樂世界」的起點。

9. 〈小雨中踩鴿步〉：有車者與無車者本來就是對立的。而在「有車階級」已然享有社會給予更大的資源時，比如在十字路口，行人要爬高梯走行人橋，而車子卻走平路，這就是資源分配不公，且是對有權有勢者的拍馬屁，也是落後地區沒有「人文思想」的作為。而如果駕駛人不多體諒行路人之苦，尊重生命，珍惜生命，而開起車來卻是橫行霸道、橫衝直撞的話，駕駛人的行徑確實是很令人感冒的一件事。尤其，當一個人正哼著歌自娛時，那車子也不管路面積水的，仍然高速的突然的駛過去，而把污水輾潑兩旁，且也正好潑進行路人嘴裡；我想那種令行人氣急敗壞的情緒，著實令人難受的。

10. 〈公共氣車夜景之一──過站不停〉：公共「氣」車駕駛人的待遇，除正薪以外，還含有載客獎金，也有里程獎金；因之有些駕駛人為了貪圖里程獎金，可以空車飛奔的過站不停，真是令人傻眼；而此也有失設立公共事業的目的。

11. 〈公共氣車夜景之二──擠沙丁魚〉：作者寫作當時是公車服務員，吃票分贓、超載、超速、過站不停等弊病連連；而那些積弊都是落後民族的寫照。如果人人視違規違法為理所當然，我看那個國家社會離分崩離析就不遠了。

12. 〈僅只走在馬路上〉：文明社會是都市鄉村化，鄉村都市化。而公園綠地是都市的肺，是都市生命安危之所繫，是人類文明程度的指標之一；越是進步的都市，越是適合人類居

住條件的都市，越會保留更多的綠地空間，做為城市之肺。

13. 〈行人優先〉：對「人行專用道」的諷刺；並提醒急性子的行車人，尊重行人的生命安全及行路權。

14. 〈莽貓〉：流浪貓慘死於轎車輪下的命運，牠只不過是睡於斑芝棉樹下而已，又招誰惹誰了，真是何其無辜；並呼籲人類尊重所有的生命體，世界不僅僅是人類的生存場域。

15. 〈善良人注定受騙〉：向來抱持善心的，不經過受騙的人，不會醒覺人心的醜陋；而善騙者惡意利用人性的善良面或其疏而不察而行騙得逞，其實是很不道德的事。

16. 〈跳樓〉：跳樓輕生不可取，跳樓者總是自責多於責人；而跳樓後總是是非多，人人是先知，謠言又四起。身體髮膚受諸父母，尊重生命的可貴性，莫輕言自殺為要。

17. 〈有錢是老爹〉：針砭工業社會一切向錢看，笑貧不笑娼，爾虞我詐，而喪失人文思想的不當。

18. 〈把心靈封閉〉：針砭人類社會互不信任的防備作為；希冀人人打開心靈，誠心誠意的以愛、和平與信任看待這個世界，看待別人。

19. 〈比賽〉：過度的餐飲，過度的滿足口腹之慾，只有養胖自己而已，並容易孳生文明病變，不利健康，也不合養生之道；何況地球資源有限，過度浪費地球資源，就是在預支下一代的福祉，此詩主在針砭過度浪費資源的不當。

20. 〈歌聲〉：反諷靡靡之音之不當。

21.〈老人的寂寞〉：速寫老人的期待與辛酸、孤單無依的窘境；希冀社會對弱勢者多予關懷，使老有所終。此外，該詩也是在諷刺競選員，為了老人的投票權才會寄傳單，而那些商家卻又是為了掏你的腰包才寄來傳單；他們何時真心關懷過獨居老人！而為人子女者更應多多關心自己的父母長輩，此為為人子女者，所應戒慎戒恐的事。

22.〈投寄〉：老人安養是社會問題之一，任老人自行凋謝，似非文明國家的作為；如何設置老人安養院，讓他們安養餘年，使老而有尊嚴，應是迫切的需要，尤其台灣面臨高齡社會即將來臨之際，而人人也都會有老年到來的殘酷事實。

23.〈一領三十〉：寫擺地攤的辛酸與生活的艱辛，目的只是為了活下去，也是為了下一代的成長。此詩亦有向偉大的父母致敬之意。

24.〈天性〉：白鵝與老牛都喜歡在雨水、塘水裡消暑，而豬卻是更喜歡以鼻頭去犁著泥濘；所以不要指望豬隻在雨水裡或水塘裡會更乾淨。此外，豬是笨一點的了，魯一點的了，有些人亦如豬一般的，雖然學著白鵝，學著老牛把雨水、塘水淌混，以為會洗乾淨的了，其實只有自取其辱而已；有些事情是不學還好，學了反而自暴其短，此為天性。此詩在言適性的重要，不要強求；而且如果是順性的話，常可收事半功倍之效。

25.〈寂寞〉：這個時代是一個地球村的時代，物流、金流、人流移動很快速、暢通的世代；不管任何的地方，訊息傳播幾乎是同步到位，而此也拉近了人與人間，國與國間的距離；但是，卻拉不近老人與陌生人間的距離。獨居老人，誰人關懷？

26.〈一個佝僂的老婦人站在斑馬線上〉：時代的變遷異常的快速，快速到了令人無法置信的地步；對老婦人來說，面對這種時空錯置，她只有空洞、迷網、哀號，好像忘掉了什麼！此詩也是在速寫老人安養問題的重要。

27.〈絲瓜棚下〉：務農收人微薄，無以養家；而鄉村與都市的工作機會差異大，年輕人為了謀生，只得逕往都市裡跑，而在其家鄉裡，就只留下年老的父母了。兼以年輕夫婦為了雙薪，只得將子女往鄉下送，交由祖父母照顧，所謂隔代教養，而這就是現代的工業社會現象之一。

　　此詩也是在速寫老人孤單的問題，無法有子女陪伴身旁頤養天年，但至少還有孫子女的陪伴，總比獨居老人有所寄託；老年而能有後代子孫陪伴，自也是福份。而第一節後段「縱然絲瓜季裡粒粒絲瓜已跌落／日子依然要咬緊牙關挺著度過」，以及第二節「還有誰甘心擁抱這無邊的大地／除草施肥日夜的照顧／一瓜棚的綠意／讓絲瓜季裡餐餐瓜香一如往昔」，皆是對生命的無奈，對子女離鄉背井才能謀生的無奈的嘆息。

總結：

　　「都會城市輯」二十七首，從其輯名來看，可知寫的是都會地區生活的林林總總，並對社會底層的體恤與尊重。老人問題、攤販問題、行車問題、詐欺問題等，都是政府與百姓應深切注意的問題。

讀詩人06　PG0659

 鞋底·鞋面
　　　──趙迺定詩集早期作品之一

作　　者	趙迺定
責任編輯	黃姣潔
圖文排版	郭雅雯
封面設計	王嵩賀

出版策劃	釀出版
製作發行	秀威資訊科技股份有限公司
	114 台北市內湖區瑞光路76巷65號1樓
	電話：+886-2-2796-3638　傳真：+886-2-2796-1377
	服務信箱：service@showwe.com.tw
	http://www.showwe.com.tw
郵政劃撥	19563868　戶名：秀威資訊科技股份有限公司
展售門市	國家書店【松江門市】
	104 台北市中山區松江路209號1樓
	電話：+886-2-2518-0207　傳真：+886-2-2518-0778
網路訂購	秀威網路書店：http://www.bodbooks.com.tw
	國家網路書店：http://www.govbooks.com.tw
法律顧問	毛國樑　律師
總 經 銷	聯合發行股份有限公司
	231新北市新店區寶橋路235巷6弄6號4F
	電話：+886-2-2917-8022　傳真：+886-2-2915-6275

出版日期	2011年10月　BOD一版
定　　價	220元

國家圖書館出版品預行編目

鞋底.鞋面：趙迺定詩集早期作品. 一 / 趙迺定作. -- 一
版. --　臺北市：釀出版, 2011.10
　　面；　公分. --（讀詩人；PG0659）
BOD版
ISBN　978-986-6095-55-9（平裝）

851.486　　　　　　　　　　　　　100019885

讀者回函卡

感謝您購買本書，為提升服務品質，請填妥以下資料，將讀者回函卡直接寄回或傳真本公司，收到您的寶貴意見後，我們會收藏記錄及檢討，謝謝！如您需要了解本公司最新出版書目、購書優惠或企劃活動，歡迎您上網查詢或下載相關資料：http:// www.showwe.com.tw

您購買的書名：_____

出生日期：_____年_____月_____日

學歷：□高中 (含) 以下　　□大專　　□研究所 (含) 以上

職業：□製造業　□金融業　□資訊業　□軍警　□傳播業　□自由業
　　　□服務業　□公務員　□教職　　□學生　□家管　□其它_____

購書地點：□網路書店　□實體書店　□書展　□郵購　□贈閱　□其他

您從何得知本書的消息？

　　□網路書店　□實體書店　□網路搜尋　□電子報　□書訊　□雜誌

　　□傳播媒體　□親友推薦　□網站推薦　□部落格　□其他_____

您對本書的評價：(請填代號　1.非常滿意　2.滿意　3.尚可　4.再改進)

　　封面設計____　版面編排____　內容____　文／譯筆____　價格____

讀完書後您覺得：

□很有收穫　□有收穫　□收穫不多　□沒收穫

對我們的建議：_____

_____

_____

_____

11466
台北市內湖區瑞光路 76 巷 65 號 1 樓

秀威資訊科技股份有限公司　　　收

BOD 數位出版事業部

⋯⋯⋯⋯⋯⋯⋯⋯⋯⋯⋯⋯⋯⋯⋯⋯⋯⋯⋯⋯⋯⋯⋯⋯⋯

（請沿線對折寄回，謝謝！）

姓　　名：＿＿＿＿＿＿＿＿　年齡：＿＿＿＿　性別：□女　□男

郵遞區號：□□□□□

地　　址：＿＿＿＿＿＿＿＿＿＿＿＿＿＿＿＿＿＿＿＿＿＿＿

聯絡電話：(日)＿＿＿＿＿＿＿＿＿＿　(夜)＿＿＿＿＿＿＿＿＿＿

E-mail：＿＿＿＿＿＿＿＿＿＿＿＿＿＿＿＿＿＿＿＿＿＿＿＿